U0130345

Virginia
Woolf

伍尔夫
阅读课

〔英〕弗吉尼亚·伍尔夫 著

刘勇军 译

江苏凤凰文艺出版社
JIANGSU PHOENIX LITERATURE AND
ART PUBLISHING

图书在版编目（CIP）数据

伍尔夫阅读课 /（英）弗吉尼亚·伍尔夫
(Adeline Virginia Woolf) 著 ; 刘勇军译 . -- 南京 :
江苏凤凰文艺出版社 , 2024.5
ISBN 978-7-5594-8582-3

Ⅰ.①伍… Ⅱ.①弗…②刘… Ⅲ.①随笔 – 作品集
– 英国 – 现代 Ⅳ.① I561.65

中国国家版本馆 CIP 数据核字 (2024) 第 071286 号

伍尔夫阅读课

（英）弗吉尼亚·伍尔夫 著　刘勇军 译

出　品	橘子洲文化	
监　制	王　瑜　暖　暖	
责任编辑	白　涵	
策划编辑	王云婷	
封面设计	小贾设计	
版式设计	段文婷	
营销编辑	杨　迎　刘　洋　史志云	
出版发行	江苏凤凰文艺出版社	
	南京市中央路 165 号，邮编：210009	
网　址	http://www.jswenyi.com	
印　刷	北京中科印刷有限公司	
开　本	710mm × 1000mm 1/32	
印　张	8.5	
字　数	136 千字	
版　次	2024 年 5 月第 1 版	
印　次	2024 年 5 月第 1 次印刷	
书　号	ISBN 978-7-5594-8582-3	
定　价	55.00 元	

江苏凤凰文艺版图书凡印刷、装订错误，可向出版社调换，联系电话 025-83280257

CONTENTS
目录

如何读书?

首先，我要强调一下这个标题后面的问号。即使我能回答自己这个问题，我的答案也只适用于自己，而不适用于各位。事实上，关于读书，一个人能给其他人的唯一建议，就是不要听取任何建议，要遵循自己的直觉，按照自己的思考，得出自己的结论。如果我们之间可以就此达成共识，那么我便可以自由地提出一些想法和建议，因为你们不会因我的话而限制自己的独立性，而这才是读者所能拥有的最重要的品质。毕竟关于书籍又能制定什么规则呢？滑铁卢战役无疑是在某一天进行的，但《哈姆雷特》是否就比《李尔王》更好呢？没人能这么说，每个人必须做出自己的判断。无论权威人士身着多么厚重的长袍，允许他们进入我们的书房，告诉我们该如何阅读、读些什么，对阅读的内容赋予何种价值，那就是在摧毁自由精神，而自由才是这些圣地应当具有的气息。在其他任何方面，我们都可能受到法律和惯例的约束，但阅读没有法律和惯例可以依循。

然而，恕我说一句陈词滥调的话，为了享受自由，我们当然得控制自己。我们决不能徒劳无益地浪费自己的精力，为了浇灌一丛玫瑰而喷洒半个房子。我们必须训练自己的能力，将其精准、有效地用在需要的地方，这可能是我们在书房中面临的重要难题之一。哪里是"需要的地方"？也许我们的书房里只有杂七杂八的读物和一片混乱。由不同性情、种族和年龄的男女作家用不同语言写成的诗歌、小说、历史、回忆录、字典和名人录杂乱地摆放在书架上。而窗外还能听到驴叫、妇女们在水泵旁的闲聊以及小马驹在田野上飞奔的声音。我们该从何处着手？我们如何才能在这片纷乱中理出头绪，从阅读的内容中获得最深、最大的乐趣呢？

简单来说，既然书籍可以分为小说、传记和诗歌，我们就应该将它们按类别分开，从不同类别的书籍中吸取它们应当提供给我们的东西。然而，我们对书籍有很多要求，但书籍能提供给我们的却不多。通常情况下，我们看书时头脑模糊，思维混乱，我们要求小说要写实、诗歌要虚幻、传记要奉承，而历史应当证实我们的偏见。如果我们能在阅读时摒弃所有这些先入之见，那将是一个极好的开端。不要指挥作者，试着站在他的角度，成为他的合作者和同谋。如果从一开始你就犹疑退缩，持保留和批评态度，就无法从所读内容中获得最大的价值。但如果你能尽可能地敞开心扉，那么自开头几句话的转折处起，那些几乎难以察觉的细微的迹象和暗示就会将你带到一个与众不同的人物面前。沉浸其中，熟悉书中的内容，你很快就会发现作者正在或者正在努力向你展示某些更为明确的东西。倘若我们先考虑如何阅读小说，那么一部小说的三十二个章节，就像在试图构建一座建筑物，精心搭建起某些东西，只不过文字比砖块更加难以捉摸，而阅读也比观看更加费时和复杂。也许理解一个小说家的最快方式不是去读他的书，而是去写作，亲自体验运用文字的危险和困难。请回想某件给你留下深刻印象的事情，也许是在街角遇到两个正在谈话的人：树影婆娑，灯光闪烁，两人谈话的口气既好笑，又有点伤感，整个画面以及留给你的完整印象都凝聚在了那一刻。

但当你试图用文字再现这个情景时，却发现它已经变化成了无数个相互冲突的印象。有些内容要弱化，而有些内容则必须强调，在这个过程中，你可能完全失去了对情感本身的把握。这时，再从你那些模糊不清、杂乱无序的写作转向一些伟大的小说家，例如笛福[①]、简·奥斯

[①] 即丹尼尔·笛福（Daniel Defoe，1660—1731），英国作家，代表作品有《鲁滨孙漂流记》（*The adventures of Robinson Crusoe*）、《摩尔·弗兰德斯》（*Moll Flanders*）等。（本书注释如未特殊说明，均为译者注）

汀①、哈代②等人的作品的开篇。现在，你就能更好地欣赏他们高超的文字功力了。我们不仅要面对不同的人——笛福、简·奥斯汀和哈代，而且要生活在不同世界。在《鲁滨孙漂流记》中，我们正在一条平坦的大道上前进，事情便一件接着一件地发生了，只要有事件和事件发生的顺序就够了。如果户外和冒险对笛福意味着一切，那对简·奥斯汀来说就毫无意义。在她的书中，场景变成了客厅，人们在谈话，对谈话的描写反映了人们的性格。而当我们习惯了客厅和对客厅的描绘后，再转向哈代时，就会再次感到晕头转向。我们来到了荒原之中，头顶有星星做伴。心灵的另一面被暴露了出来，那是人在孤独时最容易表现出来的黑暗面，而非有人做伴时那光明的

---

① 简·奥斯汀（Jane Austen，1775—1817）：英国女作家，代表作品有《傲慢与偏见》（*Pride and Prejudice*）、《理智与情感》（*Sense and Sensibility*）、《爱玛》（*Emma*）等。

② 即托马斯·哈代（Thomas Hardy，1840—1928），英国诗人、小说家，代表作有《还乡》（*The Return of the Native*）、《卡斯特桥市长》（*The Mayor of Casterbridge*）等。

一面。在这里，我们面对的不是自身与他人的关系，而是与自然和命运的关系。不过，尽管这些书中的世界各不相同，它们自身却是协调一致的。每个世界的创造者都会小心地遵守从自己的视角看到的法则，不管我们读起来有多么吃力，他们都不会像那些水平低的作家常常做的那样，把两种不同的现实放进同一部作品当中，让人感到困惑。因此，当我们从一个伟大的小说家转向另一个伟大的小说家，从简·奥斯汀到哈代，从皮科克到特罗洛普，从司各特到梅瑞狄斯时，都是被猛地连根拔起，再抛来抛去。读小说是一门艰难而复杂的艺术。想要充分利用小说家，也就是伟大的艺术家给你的一切，你不仅需要具备敏锐的洞察力，还需要具备大胆的想象力。

然而，扫视一下书架上五花八门的书，你就会发现，这些书的作者很少有人是"伟大的艺术家"，更常见的是，有些书根本不会宣称自己是艺术作品。例如，紧挨着小说和诗歌摆放的传记和自传，这些关于伟人、关于早已死去和被遗忘的人的生平的书。因为它们算不上"艺术",所以我们应该拒绝阅读?还是应该去读,只不过要以不同的方式,带着不同的目的去阅读?我们读这类书可以主要是为了满足自己的好奇心吗?就像我们走过一栋房子时会有的那种好奇心:房子里的灯已经亮了,但窗帘还没拉上,房子的每一层都向我们展示了不同的人类生活。我们对这些人的生活充满了好奇,仆人们在闲聊,绅士们在用餐,女孩们为了聚会而梳妆打扮,还有老妇人在窗边织着毛线。他们是谁、有什么样的身份、叫什么名字、做着怎样的工作、在想些什么、有过怎样的奇遇?

传记和回忆录会回答这些问题,它们点亮了无数这样的房子,向我们展示了人们的日常生活,人们辛劳、失败、成功、吃喝、爱恨,直至死去。有时,在我们观看的时候,房子隐去了,铁栏杆也消失了,我们来到海上,追逐、航行和战斗。我们置身野蛮人和士兵之中,参加伟大的战役。或者,如果我们想留在英国、留在伦敦,只不过场景发生了变化。街道变得狭窄,房屋变得局促、拥挤，有着菱形的窗格，散发着难闻的气味。

我们看见一位诗人——多恩①不得不离开这样的一幢房子，因为墙壁太薄，小孩的哭声传了过来。我们可以跟随他，穿过书中的小路，来到位于特威克纳姆的贝德福德夫人的花园，那里因为常有贵族和诗人流连而闻名。接着，我们来到威尔顿，来到丘陵下面的那幢大房子，听西德尼②给他的妹妹朗读《阿卡迪亚》③。我们在那段著名的爱情故事中的沼泽里漫步，看白鹭飞翔。然后，我们再次跟随另一位彭布罗克夫人安妮·克利福德北上，去往她那荒芜的旷野。或者，我们可以投身城市，在看到身着黑色天鹅绒西装的加布里埃尔·哈维在和斯宾塞为诗歌辩论时努力抑制住自己的兴奋。没有什么比在黑暗与辉煌交织

① 即约翰·多恩（John Donne, 1572—1631），英国诗人，生于伦敦一个富商之家，是玄学派诗歌的创始人和主要代表人物。
② 即菲利普·西德尼爵士（Sir Philip Sidney, 1554—1586），英国作家、政治家及军人。
③ 《阿卡迪亚》（*Arcadia*）：意大利诗人雅各布·桑纳扎罗（Jacopo Sannazaro, 1455—1530）创作的田园散文诗。

的伊丽莎白时期的伦敦摸索和跌撞前行更令人着迷的了。但我们不能久留，坦普尔和斯威夫特、哈雷和圣约翰在召唤我们。我们可以花几个小时厘清他们的争论，解读他们的性格。如果感到厌倦，我们可以继续漫步，经过一位戴着钻石首饰的黑衣女子，去找塞缪尔·约翰逊、戈德史密斯和加里克。或者，如果愿意的话，我们可以穿过海峡，去会一会伏尔泰和狄德罗、德方夫人，然后回到英国，回到贝德福德夫人公园旧址和蒲柏的故居所在地特威克纳姆——有些地点和名字总是出现得那么频繁！我们来到了沃波尔的故居草莓山①。不过，沃波尔介绍我们认识了许多新面孔，有那么多房子要去拜访，有那么多门铃要按，我们难免要停留片刻。比如，当我们站在贝里小姐家的门口时，突然看到萨克雷②走了过来，

---

① 草莓山（Strawberry Hill）：是英国第一任首相罗伯特·沃波尔爵士的小儿子霍勒斯·沃波尔在特威克纳姆建造的美丽的哥特式房屋的名字。

② 即威廉·梅克比斯·萨克雷（William Makepeace Thackeray，1811—1863），英国小说家，代表作有《名利场》（Vanity Fair）等。

他是沃波尔爱人的朋友。因此，仅仅是拜访一个接一个的朋友、一座接一座的花园、一幢接一幢的房子，我们就从英国文学的一端走到了另一端，醒来时发现自己又回到了现在——如果我们能够将此刻与那些过去的时光区分开的话。

总之，这就是阅读这些人的生平和信件的方式，我们可以用它们照亮过去的许多窗口，观察那些故去名人养成的为人熟知的习惯，有时还可以幻想自己和他们非常亲近，可以意外地发现他们的秘密。有时，我们可以抽出他们写的一部戏剧或一本诗歌，看看当着作者的面读是否会有什么不同。不过，这又会引发另一个问题，那就是我们必须问问自己，作者的生活对一本书的影响到底有多大？让传记中的这个人充当作者在多大程度上是安全的？语言如此敏感，如此受作者性格的影响，那我们应该在多大程度上抵制或者屈服作者本人在我们心中引发的对他的同情和反感？这些是我们在阅读这些人的生平和信件时必须面对的问题，而且只能由我们自己回答，因为在如此私人的问题上，没有什么比受到他人偏好的影响更致命的了。

不过，我们也可以带着另一个目的去阅读这些书籍：不是为了理解已故名人的文学作品，也不是为了熟悉他们本人，而是为了使我们的创造力得到恢复和锻炼。你的书架右边有没有一扇打开的窗户？停下阅读，抬头看看窗外是多么令人愉悦！小马在田野奔跑，女人在井边打水，驴子仰头发出长而刺耳的嘶叫，这些无意识的、无关紧要的、运动不息的场景多么令人兴奋！任何一间书房里的大部分书籍不过是对男人、女人和驴子生命中转瞬即逝的瞬间的记录。每一部文学作品在日渐变得陈旧的过程中，都会有一堆人们不要的垃圾，那是对逝去的瞬间和被遗忘的生命的记录，是用已经消逝的口音支支吾吾讲出来的。

然而，当你沉浸在翻阅垃圾的乐趣中时，在发现那些被丢弃发霉的人类生活的遗迹时会感到惊讶，事实上，你会被它们折服。可能只是一封信，却呈现出别样的一幅美景；也可能只是几句话，却让人联想到了诸多情景！有时，展现在你面前的是一个完整的故事，有着绝佳的幽默、伤感和完整性，看起来就像一位伟大小说家的作品，但其实不过是一个老演员泰特·威尔金森想起了琼斯上尉的离奇经历，不过是在亚瑟·韦尔斯利手下服役的一位年轻中尉爱上了里斯本的一个漂亮姑娘，不过是玛丽亚·艾伦在空荡荡的客厅放下了手里的针线活，叹息她多么希望自己当初能接受伯尼博士的忠告，没有和她的里希私奔。这些内容毫无价值，极其微不足道。然而，时不时地翻一翻垃圾堆，发现埋在遥远过去里的戒指、剪刀和破雕像的鼻子，努力将它们拼凑在一起，而窗外还有小马在田野里奔跑，女人在井边打水，驴子在叫，这一切多么令人着迷！

　　但最终我们会对翻阅垃圾感到厌烦。我们厌倦了寻找线索将这些半真半假的陈述拼凑完整，而威尔金森、邦伯雷和玛丽亚·艾伦所能提供给我们的只有这些。他们没有艺术家那种强大的掌控和筛除能力，无法说出全部真相，哪怕与他们自己的生活有关。他们破坏了原本可能非常优美的故事。他们所能提供给我们的只有事实，而事实只是一种很低级的小说形式。因此，我们越来越想放下这些不完整和近似的描述，停止对人类性格细微差别的探究，去享受更具抽象性、呈现的事实更加精炼的虚构的文学作品。于是，我们有了这样一种情绪：强烈，却又非常笼统；不拘泥于细节，但重视有规律的、反复出现的韵律。表达这种情绪的自然方式就是诗歌，是时候去读一些诗了……现在我们几乎可以自己写首诗了。

西风何时起？

细雨又待何时下？

愿拥爱人于怀中，

同床共衾复相伴！

诗歌的冲击力是那么强烈而直接，这一刻，除了诗歌本身的感觉，我们已没有其他感受。我们触碰到了如此深邃的意境，突然之间便完全地沉醉其中。没有什么可以抓得住，也没有什么可以阻止我们飞翔。虚构的幻象是层层递进的，产生的效果也是预先设定好的。然而，在读到这四行诗时，谁会停下来问这首诗为何人所写，谁又会联想到多恩的屋子或西德尼的秘书，又或者陷入了错综复杂的过去和世代交替之中？诗人永远与我们处于同一个时代。此刻，我们的思想感情被集中和压缩在了一起，就像个人情感受到了强烈冲击。然后，这种感觉又确确实实开始在我们的头脑中扩散开来，触及更外围的感官，这些感官开始发声和评论，我们的意识接收到了它们的回声和反响。诗歌的强烈可以用于表现很多情感，我们只需要做一些对比就可以明白这一点。

先看看下面这两句诗所表现出来的力量与直接：

我将像树一样倒下，

倒在我的墓地，

只记得我悲伤不已。

再看这几句诗的摇曳与婉转：

光阴流逝，犹如沙漏中的流沙。
岁月侵蚀，直至我们迈入坟墓，
而我们只能旁观，束手无策。
欢乐的时光，我们纵情享乐，
最终回到家乡，却只留下遗憾。
而生命已厌倦喧闹，细数着沙粒，
在叹息中呜咽，直至流尽最后一粒沙子，
生命得以安息，苦难也终于结束。

或者这几句诗的沉思与静谧：

无论年轻还是衰老，
我们的命运，我们的心灵和家园，
都是，也只能是无限的。
我们与希望同在，而希望永不熄灭，
我们努力、期盼、渴望，
有些事终将发生。

这些诗句的完整与动人：

> 游走的月亮升入了天空，
>
> 无处停留，
>
> 她轻轻地向上飘去，
>
> 还有一两颗星做伴。

以及这些诗句的奇思妙想：

> 林地的幽灵，不停地游荡。
>
> 远处的空地，世界在燃烧。
>
> 柔和的火焰，在他眼中，
>
> 犹如树荫下的红花。

它们让我们注意到诗人的各种技巧。诗人可以立刻让我们成为他的演员和观众，可以像把手伸入手套一样深入角色，成为福斯塔夫或李尔王，他们凝聚、拓展、陈述，一朝写成便永世流传。

"我们只需要比较"，这句话已经道破天

机，也承认了阅读的真正复杂性。完成阅读的第一个过程，即以最大的理解力接受书籍带给我们的感受，只是完成了一半的阅读。想从书中获得全部乐趣，我们就必须完成另一半。我们必须对书中给出的众多印象做出判断，使那些转瞬即逝的轮廓变得牢固而持久。不过，这个过程不是立即完成的，而是要待阅读尘埃落定，各种冲突和疑问平息之后。我们可以去散步、聊天、摘去枯萎的玫瑰花瓣，或者去睡觉。然后在不经意间，书又以另一种形式回来了，这样的转变是自然潜移默化的结果。书作为一个整体浮出了意识层面，它和我们通常通过零散的语句所理解的书已有所不同。细节已各就各位，我们可以看出它的完整轮廓：这里是谷仓、猪圈，那里是大教堂。现在，我们可以像对比建筑那样对书做出比较了。但比较意味着我们的态度已经发生了改变，我们不再是作家的朋友，而是成了他的法官。正如做朋友时再多的同情也不会多，在充当法官时再怎样严厉也不为过。那些浪费了我们时间和同情心的书籍难道不是罪犯吗？那些写出伪书、虚假的书、弥漫着腐朽和疾病的书的作者难道不是社会最阴险的敌人、堕落者和玷污者吗？

那么，就让我们做出严厉的评判，将每本书与它们同类中最伟大的书籍做出比较。我们的脑海中萦绕着那些读过的书——《鲁滨孙漂流记》《爱玛》和《还乡》，它们的轮廓已经因我们对它们的评判而固定了下来。将其他小说同这些小说做出对比，即便是最新和最不重要的小说，也有权与最好的作品做对比。对待诗歌也应如此，当对韵律的陶醉逐渐消失，文字的光彩慢慢褪去，一个梦幻的轮廓回到了我们脑海中，我们必须将其与《李尔王》《费德尔》和《序曲》做比较。如果不与这些诗做比较，那就和最好的，或者在我们看来是最好的同类作品进行比较。可以肯定地说，新的诗和小说的新颖是它们最肤浅的特点，我们只需要稍微改变我们对旧诗和小说的评判标准即可，而无须重新设定新的标准。

因此，如果假装阅读的后半部分，即评判和

比较与前半部分一样简单，认为只要打开心扉接受书中涌现的无数印象就够了，那就太愚蠢了。放下书后继续阅读，将一个幻影同另一个幻影放在一起比较，还要有足够广泛的阅读和深刻的理解，以便做出生动而有启发性的对比，这些殊非易事。更难的是要进一步深入，不仅可以说出这本书归为哪一类，而且要说出它具有怎样的价值、失败在哪里、成功在哪里、好在哪里，又差在哪里。想要履行读者的这一职责需要充分的想象力、洞察力和学习能力，很难想象有谁会天生具备这种能力。即使最自信的人，也最多只能发现自己身上具备萌发这种能力的可能性。那么，把阅读的这部分职责交给批评家和图书馆里身着礼服的权威，由他们决定这本书对我们的绝对价值是不是更加明智？然而，这是多么不可能的事情！我们可能会强调同情的价值，并试图在阅读时忘记自己的身份，但我们无法做到完全的同情或者沉浸其中。我们内心总有一个魔鬼在低声地说："我不喜欢，我喜欢。"我们无法让他闭嘴。

事实上，正是由于我们有好恶，我们与诗人和小说家的关系才会如此亲密，无法容忍其他人的介入。即便结果令人深恶痛绝，我们的判断是错误的，但我们的品位，以及将震撼传遍我们全身的感觉神经依然是我们主要的明灯，我们通过感觉学习，如果我们抑制自己的特质，就会使其枯竭。不过，随着时间的推移，也许我们可以训练自己的品位并对其加以控制。当我们的品位贪婪地大肆品尝了各类书籍，比如诗歌、小说、历史、传记，然后停下来，长时间地考虑生活世界的多样性和不协调时，我们会发现它有了一些变化：它不再那么贪婪，而是变得深思熟虑，不仅能对某些书做出判断，还会告诉我们某类书普遍具有的特质。它会说："嘿，我们该管这个叫什么？"为了向我们揭示这种共同的特质，也许它会给我们读一段《李尔王》，然后读一段《阿伽门农》。如此一来，我们将在品位的指引下超越个别的书，去探索可以将书籍归类的那些特质。我们将为之命名，这样我们就可以制定出一套使我们的认知变得有序的规则。

通过对书籍加以辨别，我们将获得更加深入和更加少有的乐趣。然而，作为规则，只有当它在与书籍本身接触时被不断打破，才得以存在，没有什么比制定脱离现实、存在于真空中的规则更乏味的事了。这时，为了在这种艰难的尝试中站稳脚跟，我们最好向那些非常罕见的、可以在文学的艺术性上对我们有所启发的作家求助。柯勒律治、德莱顿和约翰逊，在那些他们经过慎重思考做出的批评中，对诗人和小说家本身所做出的深思熟虑的评价总是出人意料地具有启发性。他们照亮了在我们脑海迷雾深处翻滚的模糊想法，使其变得清晰。但是，只有当我们带着在阅读过程中确确实实遇到的问题和获得的启示来找他们时，他们才能帮到我们。如果我们听从他们的命令，像绵羊一样躺在树荫下，那他们对我们将无所助益。只有当我们的看法与他们的判断发生冲突，并且被其征服时，我们才会真正理解他们的评价。

假如情况果真如此，按照应有的方式阅读需要想象力、洞察力和判断力这些最为稀有的品质，那么你可能会得出结论，认为文学是一门非常复杂的艺术，即使我们读一辈子，也不太可能做出任何有价值的评论。我们必须谨守读者的身份，不应该为自己增添属于少数佼佼者的荣誉，他们既是读者，又能充当批评家。可是作为读者，我们仍然有自己的责任乃至重要性。我们提出的标准和做出的判断会偷偷地飘向空中，融入作家写作时所呼吸的空气之中。由此产生的影响将会感染作家，尽管它从未被发表。如果这种影响受到良好的指引，充满活力、个性和诚意，那在当今批评不可避免地被搁置一旁的情况下，可能非常具有价值。如果对书籍进行评论就像让动物走过靶场一样，而批评家只有一秒钟的时间装弹、瞄准和射击，如果他错把兔子当成老虎、把老鹰当成家禽，或者完全没有瞄准，把子弹打到了在远处田野里平静吃草的奶牛，那也是可以原谅的。如果作者感到报刊评论不稳定的枪声背后还有另一种批评，是热爱阅读的人们提出的意见，尽管这些意见来得既缓慢，又不够专业，却带着极大的同情和极其严厉的态度，那难道不会有利于作者提高作品的质量吗？如果书籍因为我们的影响而变得更加强大、丰富和多样化，那也是一个值得达到的目标。

然而，谁会为了一个目标而去读书呢？哪怕这个目标非常令人向往。难道没有什么爱好本身就很好，所以我们才去从事吗？难道没有什么乐趣本身就是目的吗？读书不就是其中的一种吗？至少我有时会梦到审判日来临时，伟大的征服者、律师和政治家前来领取他们的奖赏，比如王冠、桂冠，还有名字被永久地刻在不朽的大理石上，而主会转向彼得，不无嫉妒地看着怀里抱着书的我们，说："看，这些人是不需要奖赏的，我没什么可以给他们，因为他们热爱读书。"

现代散文

　　诚如里斯先生[①]所说，没有必要深入探究散文的历史和起源，无论其起源于苏格拉底还是波斯的西兰尼，因为如同所有生物一样，它的现在比过去更加重要。而且，散文这一派系遍布各地，其中一些代表作品已经在世界上声名鹊起，戴上了最好的桂冠，而有些则在舰队街[②]附近的阴沟里苟延残喘。散文的形式非常灵活，篇幅可

---

① 即欧内斯特·里斯（Ernest Rhys, 1859—1946），英国作家、诗人、自由评论家。

② 舰队街（Fleet Street）：英国伦敦市内的一条著名街道，因邻近伦敦最大的地下河——舰队河而得名，一直到20世纪80年代都是英国出版业、报纸媒体聚集的地方。

长可短，文笔既可以严肃，也可以轻浮，内容既可以是关于上帝和斯宾诺莎的，也可以是关于乌龟和齐普赛街的。然而，当我们翻开这部囊括了1870年到1920年间的散文的五卷小书①，就会发现，某种原则似乎控制住了混乱，让我们在这样短的一段时期中看到了某种历史的进步。

散文是所有文学形式中最不需要使用长单词的。掌握散文的原则很简单，那就是散文应当带给人们愉悦。人们把它从书架上取下来只是为了获得快乐。散文中的一切内容应服务这一目的。它的第一个词就要使人着迷，而直到最后一个词，我们才会醒过来，感觉神清气爽。在此期间，我们可能体验到极其多样的乐趣、惊奇、趣味和愤怒。我们可以和兰姆飞翔至幻想的高地，也可以和培根一起坠入智慧的深渊，但绝不能被唤醒。散文必须包围着我们，用帷幕将世界挡在外面。

但很少有人能完成这样的壮举，问题可能出

① 由欧内斯特·里斯编辑的《现代英语散文》（*Modern English Essays*），共五卷，本篇标题"现代散文"即指此。

在作者身上，但也可能出在读者身上。习惯和倦怠使他们的感觉变得迟钝。小说有故事情节，诗有韵律，而散文家能用什么样的艺术在这些短文中将我们彻底唤醒，并使我们陷入一种出神的状态当中——不是让我们睡着了，而是增强了我们对生命的感知，让我们的每一种感官都保持清醒，沐浴在欢乐的阳光下？他必须懂得如何写作，这是最重要的。他可能和马克·帕蒂森一样学识渊博，但在写散文时，他必须通过写作的魔力将所有知识融合在一起，既不会突出任何一件事实，也不会让任何一则教条撕裂文章的肌理。麦考利和弗劳德一遍又一遍地以各自的方式，非常出色地做到了这一点，他们在一篇散文中灌输给我们的知识比一百本有着无数章节的教科书还要多。而马克·帕蒂森让我们感到，当他不得不用三十五页的篇幅讲述蒙田时，他事先并没有完全消化M.格伦先生的内容。格伦先生曾写过一本非常糟糕的书，他和他的书都应该被封存于琥珀中，供我们永久瞻仰。但这个过程很辛苦，需要的时间——也许还有坚韧都超过了帕蒂森先生可以负担的程度。格伦先生未经加工就被他端上了桌，成了熟肉中一颗生涩的浆果，永远让人感到硌牙。类似的情况也出现在了马修·阿诺德和斯宾诺莎的某位翻译身上。直言不讳，以及出于为犯人考虑而从他身上挑毛病的做法并不适用于散文。散文中的一切都应该是为我们好，为了永恒，而不是为了《双周评论》①的3月号。不过，虽然这种篇幅短小的文章中听不到训斥的声音，但能听到另一种声音，像蝗灾一样可怕，那是一个昏昏欲睡的人的声音，他蹒跚在一些松散的词语中，漫无目的地抓着一些模糊的想法。例如下面这段来自赫顿先生的话：

除此以外，他的婚姻生活被意外地打断了，因此非常短暂，只有七年半。而他对妻子的记忆力和天赋所怀有的热烈的崇敬，用他的话来说，是"一种狂热"。他一定也察觉到了，这种狂

---

① 《双周评论》（*Fortnightly Review*）：19世纪英国最著名、最有影响力的杂志之一。

热在别人看来无疑非常夸张，甚至可以被看作一种幻觉。然而，他受到一种不可抗拒的渴望的支配，试图用尽所有温柔而热情的手法把自己的狂热夸张地表达出来。看到这样一个以"公正无私"闻名的人使用这样夸张的表达方式，不免让人感到同情，我们不能不为米尔先生在职业生涯中遭遇的人为事故感到悲哀。

一本书可以承受住这样的打击，但一篇散文却会被击垮。两卷本的传记（我指的是维多利亚时代的那种旧卷轴）才是真正适合保存这种内容的载体，因为这种书的容忍度要大得多，来自外界的些许启示和模糊的感觉构成了我们享受的一部分，书中有一些让人打哈欠和伸懒腰的部分也没什么关系，实际上它们自身也有某种积极的价值。不过，这种价值来自读者（也许这并不正当），因为他们希望通过所有可能的渠道更多地了解这本书，因此不应被考虑在内。

散文中没有文学杂质的容身之处。不管作者

以何种方式，凭借努力还是天分，或者两者兼而有之，散文都必须是纯净的——像水或者酒一样纯净，这纯净里不能让人感觉到沉闷、了无生气，甚至沉淀着外来的杂质。面对这样艰巨的任务，第一卷的所有作家中要数沃尔特·佩特[1]完成得最为出色，因为他在开始写自己的散文（《列奥纳多·达·芬奇》）前已经设法将所有材料融会贯通。他博学多识，但他留给我们的不是关于达·芬奇的知识，而是展现了一种想象，就像一本优秀的小说可以提供给我们的那样，不过我们要知道小说中的一切都有利于作者展现其整体构思。只有在散文中，界限才会如此分明，散文使用的必须是没有加以包装的事实，而像沃尔特·佩特这样真正的作家可以将这些限制变成一种品质。真相赋予散文以权威，而真正的作家会在散文严格的限制下，使文章轮廓清晰，富有激情。因此，散文不再适合

---

① 沃尔特·佩特（Walter Pater，1839—1894）：英国文艺批评家、作家，代表作《文艺复兴》（*The Renaissance*）和《享乐主义者马利乌斯》（*Marius the Epicurean*）。

放置那些老作家们喜欢的装饰品，而我们既然称之为装饰品，大概也是有些轻视的吧。如今，没有人敢去评论沃尔特对达·芬奇的《蒙娜丽莎》所做的那段一度非常著名的描述：

> 她知晓坟墓的秘密，曾经在深海潜水。她让堕落的时光围绕在自己身旁。她和东方的商人交易，购买奇异的织网。她就像勒达，像特洛伊中海伦的母亲，像圣安妮，像玛丽的母亲……

这段文字太过鲜明，无法自然地融入文章。然而，当我们意外地看到"女人的微笑和海水的波动"，或者"穿着哀伤的土色衣服，上面镶嵌着白色的石头，充满了死者的优雅"时，突然想起：我们有耳朵，有眼睛，还有用无数的英语单词——许多单词还不止一个音节——填充的一系列厚重的书籍。而唯一研究过这些卷宗的尚且健在的英国人却是一位有着波兰血统的绅士。但是，毫无疑问，我们的节制使我们少了许多夸夸其谈、许多花言巧语、许多高谈阔论，也少了许多不实的虚浮。而且，我们大概也愿意用托马斯·布朗爵士的辉煌和斯威夫特的活力来交换普遍的清醒和冷静。

然而，如果散文比传记或小说对突然冒出的大胆笔触和隐喻更加能容忍，并且可以被反复打磨，直至表面闪闪发亮，那也是很危险的。很快，我们就会在散文中看到各种装饰，而文学生命力的流动将开始变得缓慢，文字也不再闪闪发光，或者带着一种较为平静却更加兴奋的冲劲向前发展，而是在冰冷的水雾中凝结在一起，像圣诞树上的葡萄，只有一个晚上光彩夺目，第二天就变得灰头土脸和俗不可耐。当主题不值一提时，装饰的诱惑就会变得极其强烈。有人喜欢徒步旅行，或者沿着齐普赛街漫步，看着斯威廷先生橱窗里的海龟自娱自乐，这些事有什么可让人们感兴趣的呢？斯蒂文森和塞缪尔·巴特勒选择了截然不同的方法来激起我们对这些家常主题的兴趣。斯蒂文森对他的素材进行了修饰和润色，以18世纪的传统形式将它们陈列出来。他的手法令人钦佩，但随着文章的进展，我们不免感到不安，唯恐材料在工匠的手中变成废品。铁块太小，却被不断地加工。也许，这就是为什么他的结束语——

静静地坐着沉思，回忆女人们的面孔而不加以欲望，欣赏男人们伟大的事迹而不感到嫉妒，带着同情，化身为一切事物，置身于一切地方，却又满足于此时此地的自己——

让人感到虚无缥缈，这表明当他写到最后时，手里已经没有任何可以用来加工的真材实料了。

巴特勒采取了完全相反的做法，他似乎在说，自由地思考，然后把自己的想法尽可能直截了当地说出来。橱窗里这些只露出头脚的乌龟暗示了对固定观念致命的忠诚。于是，我们就这样漫不经心地从一个想法大步迈向另一个，穿过大片的土地，注意到律师身上的伤口非常严重，苏格兰的玛丽女王穿着整形靴，在托特纳姆宫路的马蹄酒店附近可能快要发病了，我们想当然地认定没有人真正关心埃斯库罗斯。就这样，伴随着许多的逸闻趣事和一些深刻的反思，我们来到了结尾。有人告诉巴特勒，在齐普赛街不要看太多东西，以免《环球评论》的十二页都放不下他的内容，所以最好还是就此打住吧。不过，巴特勒至少和斯蒂文森一样关心读者是否愉悦。而按自己的风格去写作但不将其称为写作要比像艾迪生①一样写作却称之为写作要困难得多。

但是，无论他们各自有多大的不同，维多利亚时代的散文家仍然有一些共同之处。他们的篇幅往往比现在的作家写得都长，而且他们面对的大众不仅有时间坐下来认真地阅读杂志，而且有很高的文化水平做出评判（尽管这是维多利来时代特有的现象）。在当时的散文中讨论严肃话题是值得的，而且没有什么比欣然阅读了文章的同一批大众，在一两个月后又在一本书中仔细阅读该文章更荒谬的了。不过，读者从当初一小部分有修养的人

---

① 即约瑟夫·艾迪生（Joseph Addison，1672—1719），英国散文家、诗人、政治家。

变成如今一大部分没那么有修养的人群，这种变化也并非完全是坏事。在第三卷中，我们看到了比勒尔先生和比尔博姆先生。我们甚至可以说，这是对古典文体的回归，散文在缩短篇幅，不那么高调后，风格与艾迪生和兰姆的作品更加接近。不管怎样，比勒尔先生对卡莱尔的评价和卡莱尔可能会在文章中对比勒尔先生做出的评价之间有着巨大差距。马克斯·比尔博姆的《围裙之云》和莱斯利·斯蒂芬①的《愤世嫉俗者的道歉》几乎没有什么相似之处。但散文是鲜活的，没有理由让人感到绝望。随着环境的变化，散文家这种对公众舆论最为敏感的植物会进行自我调节，如果他是个好作家，他就会做出好的改变，而如果他是个蹩脚的作家，他的改变就会非常糟糕。比勒尔先生无疑是位好作家，因此我们发现，尽管他的体重减少了，但在攻击时却更加直接，动作也更加灵活。而比尔博姆先生给散文带来了什么，又从中得到了什

---

① 莱斯利·斯蒂芬（Leslie Stehpen，1832—1904）：英国作家、批评家、历史学家，是伍尔夫的父亲。

么？这个问题要复杂得多，因为这位散文家不仅潜心写作，毫无疑问还是这一行业中的泰斗。

比尔博姆先生所给予的当然就是他自己。自蒙田时代以来，这种自我就断断续续地出没于散文之中，而自查尔斯·兰姆去世之后就一直处于流亡状态。马修·阿诺德对他的读者而言从来都不是马特，沃尔特·佩特也从未被千家万户亲昵地称为沃特。[1]他们给了我们很多，但不包括他们自己。因此，到了19世纪90年代，习惯了劝诫、信息和谴责的读者发现亲切地同他们谈话的是一个似乎并不比他们高大的人时，想必非常惊讶。他有自己的喜怒哀乐，他既没有福音要宣扬，也没有知识要传授。他就是他自己，简单而直接，还一直保持着自己。我们再一次迎来了一位散文家，有能力使用散文最独特却又最危险和最微妙的工具。他把个性带入了文学，既不是无意的，也并非不纯粹的，而是有意和纯粹的，以至于我们不知道散文家马克斯和作为人的比尔博姆先生之间是否有关系。我们只知

———————————————
① 马特和沃特分别是马修和沃尔特的昵称。

道，他的人格精神渗透进了他写的每一个字当中。他的成功之处在于他的风格。因为只有懂得如何写作，才能在文学中利用自我。虽然这个自我对于文学至关重要，但同样是其最危险的对手。永远不要做自己，但又要永远做自己，这就是问题所在。说实话，在里斯先生编辑的这套散文集中，有些散文家并没有完全处理好这一问题。看到琐碎的人格在永恒的出版物中瓦解让人感到厌恶。如果仅仅是作为谈话，这些文章无疑是迷人的，论起喝酒聊天，作家是一个好对象。但文学是严厉的，她似乎在重申：除非你满足了她的第一个条件——懂得如何写作，否则在与她讨价还价中表现出魅力、品德甚至博学和才华都是没用的。

比尔博姆先生完美地掌握了这门艺术，而他并没有查找字典中的多音节单词，没有构筑牢固的复合句，也没有用复杂的节奏和奇怪的旋律来诱惑我们的耳朵。他的一些同伴，比如亨利和斯蒂文森会在短时间内给人留下更深刻的印象。但《围裙之云》有一种无法形容的表现力，这种表现力并不均衡，骚动而极致，属于且只属于生命。你不会因为读完这本书就和它了结了，就像友谊不会因为分别而结束。生命在涌现、改变和累积。即使是书柜里的东西，只要它们还活着，也会发生改变。我们发现自己想要再见到它们，而它们已经改变。于是，我们开始回顾比尔博姆先生写下的一篇篇文章，我们知道到了9月或者5月的时候，我们就会坐下来同它们交谈。不过在所有作家中，散文家的确对公众舆论最为敏感。如今有很多人在客厅里阅读，而读比尔博姆先生的散文就躺在客厅的桌上，它精确地满足了这一位置的一切要求。周围没有杜松子酒、浓烈的烟草，没有双关语，也没有人醉酒或者精神错乱，只有女士和先生们在聊天。当然，有些话是不会说的。

但是，如果试图把比尔博姆先生限制在一个房间里，则可谓愚不可及，那么不幸的是，让他这样一位艺术家，一个只把他最好的东西给我们的人，成为我们这个时代的代表则更加愚蠢。这套散文集的第四卷、第五卷中没有收录比尔博姆先生的散文。他的时代似乎已经有些遥远，随着时间的推移，客厅的桌子开始变得像一个祭坛。曾几何时，人们在那里摆放祭品，有自家果园里的水果，还有他们亲手雕刻的礼物。而现在，情况再次发生了转变，公众对散文的需求变得像以前一样，甚至可能更加强烈。对于不超过一千五百个字，特殊情况下不超过一千七百五十个字的中短篇文章的需求远远超出了供应。兰姆用来写一篇散文的篇幅，马克斯可能写出两篇，而粗略估计，贝洛克先生能写出三百六十五篇。他的散文的确非常短小。不过，这位经验丰富的散文家在利用空间方面是多么灵巧！他会尽可能从靠近纸张顶部的地方开始，对于该走多远、何时转弯以及如何在不浪费一丁点页面的情况下如何转动方向，精确地落下编辑允许的最后一个字都有着准确的判断。这项卓绝的技艺表演非常值得一看。但在这个过程中，贝洛克先生像比尔博姆先生一样所依仗的人格却受到了损害。他出现在我们面前，说话的声音中没有流露出自然的丰富性，反而听上去有些紧张和虚弱，充满了矫揉造作，就像刮风的日子里有个男人透过喇叭冲着人群喊："小伙伴们，我的读者们。"他在一篇名为《一个未知的国家》的散文中写道——

前几天，芬顿集市上有一个从刘易斯市东面来的牧羊人，他赶着羊群，眼睛里充满了对地平线的怀念，正是这种怀念使得牧羊人和山地居民的眼睛有别于其他人的眼睛……我跟上前去，想听听他要说些什么，因为牧羊人说话的方式和其他人不一样。

幸运的是，即使在照例喝了一杯啤酒后，这位牧羊人对这个未知的国家也没什么可说的，而他唯一说的一段话要么证明他是一个不适合照料羊群的末流诗人，要么就是手握钢笔的贝洛克先生自己伪装的。这就是惯于写散文的人现在必须面对的惩罚，他必须伪装。他既没有时间做自己，也没有时间做别人。他必须掠过思想的表面，削弱个性的力量。他只能每周给我们一个破旧的半便士，而不是一年给我们一枚坚固的金镑。

不过，并不是只有贝洛克先生要忍受当前这种状况。集中将我们带到1920年的那些散文可能并不是其创作者最好的作品。但是，如果我们撇开康拉德和哈德森这些偶然进入散文写作领域的作家，把注意力集中在那些常常写散文的人身上，就会发现环境变化对他们的影响非常大。每个礼拜、每一天都要写，还要写得简短，要为早上匆匆忙忙赶火车，或者晚上疲惫回到家中的人写作，对于那些能够区分好坏的人来说，这是一项让人痛苦的任务。他们这样做了，不过本能地避开了任何可能在与公众接触后受到损害的珍贵之物，也避开了任何尖锐的、可能扎到公众皮肤的东西。因此，如果你大量地阅读过卢卡斯先生、林德先生和斯考尔先生的文章，就会感到他们作品中的一切都覆盖了一种常见的灰色。它们不仅与沃尔特·佩特作品的奢华之美相去甚远，与莱斯利·斯蒂芬那种肆意的坦率也大相径庭。美和勇气是危险的烈酒，不能被装到瓶中放在一排半的酒架上。而思想就像背心口袋里的一个牛皮纸包裹，会破坏文章的对称美。他们为之写作的是一个善良、疲惫、冷漠的世界，奇迹就在于他们至少从未停止尝试写出好的作品。

然而，我们没有必要因为散文家处境的变化而对克拉顿·布罗克先生表示同情。他显然从自己的境况中得到了好处，而非坏处。我们甚至不敢说他在这个问题上做过任何有意识的努力，他自然而然地就从面向个人转变到了面向公众，他的作品适合的环境也从客厅过渡到阿尔伯特音乐厅。非常荒谬的是，篇幅的缩小引起了个体的相对扩大。我们不再是马克斯和兰姆的"我"，而是成了公共团体和其他崇高人物的"我们"。是"我们"去听魔笛，"我们"应当从中受益。事实上，是"我们"以集体身份用某种神秘的方式在过去写下了这部歌剧。因为音乐、文学和艺术必须能够被这样概括，否则它们就无法被传到阿尔伯特音乐厅最远的角落。克拉顿·布罗克的声音如此真诚、公正，传播得如此遥远，让如此多的人听到，而又不迎合群众的弱点或者煽动他们的激情，我们所有人都理应对此感到满意。可是，当"我们"感到满足时，"我"这个人类友谊中难以驾驭的伙伴却陷入了绝望。"我"永远都得自己去思考，自己去感受。将自己的想法和感受以一种淡化的方式同大多数受过良好教育、怀有善意的男男女女分享，对于"我"来说，这纯粹是一种痛苦。当我们其他人专注地聆听并深深获益时，"我"却溜进树木和田野，为一片草或者一颗孤零零的土豆欢呼雀跃。

在《现代散文》的第五卷中，我们离快乐和写作艺术的距离似乎有些遥远。不过，为了对1920年的散文家保持公平，我们必须确保我们赞扬名人不是因为他们早已获得赞扬，赞扬死人也不是因为我们永远不会在皮卡迪利大街上看到他们套着鞋套。当我们说他们会写作并给我们带来愉悦时，我们必须知道自己指的是什么。我们必须对这些作家进行比较，说出他们的优点所在。我们必须指着下面这段话，说出它好在准确、真实和富有想象力：

　　不，人们在愿意的时候无法退休，而在应当退休的时候却又不肯。他们不能接受自己没有官职，哪怕已经年老体弱，应当退居幕后，就像一些上了年纪的城里人，仍然坐在自家门口，即使这样只会招来人们对他们年纪的嘲笑……

　　而对下面这段话，我们要说它写得不好，因为它松散、似是而非，而且非常普通：

　　他的嘴角带着礼貌和明确的玩世不恭，他想到了幽静的处女的寝室，月光下的流水声，想到在露天的夜晚，露台上那如诉如泣没有瑕疵的音乐，想到母亲般纯洁的情人那呵护的臂弯和守护的目光，想到在阳光下沉睡的田野，在温暖而颤抖的天空下起伏的大海，想到了炎热的港口，五光十色，芳香迷人……

文章还在继续，但我们已经被它的声音所困惑，既感觉不到，也听不到。这样的对比让我们不由得猜想，对于散文最重要的是写作艺术和某种思想有着紧密的联系。正是凭借这种令人坚信或者可以确切看到，从而将文字聚集成文章的思想，包括兰姆、培根、比尔博姆、弗农·李、康拉德、莱斯利·斯蒂芬、巴特勒和沃尔特·佩特在内的不同伙伴们才到达了遥远的彼岸。不同的才能帮助或妨碍思想转化成语言。有的人感到艰难，而有的人则感到得心应手。不过，贝洛克先生、卢卡斯先生和斯考尔先生并没有和任何思想本身产生紧密的联系。他们都处于当代人所面临的困境，缺乏一种坚定的信念，可以使短暂的声音穿透任何人语言中的模糊不清，来到这片存在着永久婚姻与永久结合的土地。尽管所有定义都含糊不清，但一篇好的散文必须具备这种永恒的品质，它必须在我们周围拉起帷幕，不过是要将我们关在里面，而不是关在外面。

现代小说

在对现代小说进行研究，即便是最随意和最不严谨的研究时，我们也很难不想当然地认为现代运用起这门艺术是对过去的加以改进。可以说，在运用简单的工具和原始的材料方面，菲尔丁①成就卓著，简·奥斯汀则更胜一筹。但把他们的机遇和我们做一下比较，那真是天壤之别！毫无疑问，他们杰出的作品有一种不可思议的简明。然而，除了乍一看外，把文学作品和某种过

---

① 即亨利·菲尔丁（Henry Fielding, 1707—1754），英国伟大的小说家、剧作家，18世纪欧洲最杰出的现实主义小说家之一，代表作有《阿米莉亚》（*Amelia*）、《汤姆·琼斯》（*Tom Jones*）等。

程，比如，和制造汽车进行类比几乎毫无意义。几个世纪以来，尽管我们学到了很多关于机器制造的知识，但我们对文学创作是否有所了解却值得怀疑。总体而言，我们并没有写得更好，我们所能做的就是不断前进，一会儿朝这个方向前进一点，一会儿又朝另一个方向前进一点。但只要站在足够的高度观察整个轨迹，就会发现我们是在绕圈子。哪怕是暂时的，我们也不认为自己处在那样一个有利的位置。我们站在平地上，挤在人群中，几乎被飞扬的尘土遮蔽了双眼，我们羡慕地回望那些比我们更加幸运的战士，他们已经取得了战斗的胜利，带着一种沉着的成就感，让我们忍不住要低声说他们的战斗没有我们的那么激烈。现在我们处于一个伟大的散文小说时代的开端、结尾还是中间要由文学史学家来决定，因为身处平原的我们几乎什么都看不见。我们只知道某种感激和敌意在激励着我们，某些道路似乎通向肥沃的土地，而其他的则通向尘土和沙漠，或许有必要尝试对此加以说明。

我们的争论并不针对古典作家，而之所以说起与威尔斯先生、贝内特先生和高尔斯华绥先生的争执，部分原因在于仅仅因为他们是活生生的人，他们作品的不完美之处便是活生生的，如有呼吸，具有日常生活的气息，这就使我们可以随意选择。这种不完美使我们可以自由随意地对待它们。不过，对于他们给予的许多馈赠，我们同样非常感谢。与此同时，我们对哈代和康拉德怀有无比的感激之情，对《紫土》《绿色大厦》和《远方与往昔》的作者赫德森先生[①]也非常感激，只不过程度要小得多。曾经威尔斯先生、贝内特先生和高尔斯华绥先生激起很多希望，却又不断地让人感到失望，但我们对他们感激主要是因为他们向我们展示了他们本可以做却没有做到的事情，以及一些我们肯定做不到的事情，不过可以肯定地说，也许我们也并不想做到。他们

---

① 即威廉·亨利·赫德森（William Henry Hudson, 1841—1922），19世纪著名的英美自然文学代表人物之一，作品多以自然及自然与人类的关系为主题。

的作品数目甚多，质量参差不齐，有的令人钦佩，有的则不然，对于由此带来的庞大工作量，我们的指责和不满无法用只言片语来概括。如果要用一个词来确切地表达我们的意思，我们会说这三位作家是物质主义者。因为他们关心的不是精神，而是肉体，正是这一点让我们感到失望。他们给我们的感觉是：英国小说应当尽早背弃他们（尽可能礼貌地），向前发展，哪怕最终走进了沙漠，也会有益于英国小说的精神。当然，没有哪个词能分别命中三个靶心。就威尔斯先生而言，"物质主义"这个词明显偏离了目标。但即使在他身上，这个词也可以用来表明我们的看法：他的天才中掺进了致命的杂质，他纯净的灵感中混合了大块的泥土。

也许三人中的罪魁祸首要算贝内特先生了，因为他是三人当中技艺最高超的一个。他写的书结构完美、文笔流畅，即使是最严谨的评论家也挑不出错来。窗框之间密不透风，木板上没有一丝裂缝。可要是生命拒绝住在这样的房子里呢？

这位写出了《老妇谭》，创造了乔治·坎农、埃德温·克莱汉格以及其他众多人物的作家，可能会声称自己已经克服了这种风险。他笔下的人物过着丰富多彩甚至出人意料的生活。但他们如何生活以及为什么而生活，这些问题仍然有待回答。在我们看来，他们不惜抛弃五镇上建造精良的乡间宅第，把越来越多的时间花在头等的火车软席车厢里，无数次地按下铃铛和按钮，而这些豪华旅程的目的也变得越来越明确，那就是在布莱顿最好的酒店里享受无尽的幸福。对于威尔斯先生，我们把他说成一个物质主义者并不是因为他过于注重保持沉稳的作品结构。他太富有同情心了，不能花太多时间把书写得井井有条、扎扎实实。他成为一个物质主义者是因为他非常善良，承担起了本应由政府官员承担的工作。他提供了过多的想法和事实，几乎没有多余的时间去顾及或者忘了要重视人物的粗俗本性。但是，对于他建立的尘世和天堂，还有比"从此以后将由他的琼和彼得们来居住"这句话更具有破坏性的批评吗？难道这些人物低劣的本性不会玷污他这位慷慨的创造者所提供的制度和理想吗？尽管我们深深地敬重高尔斯华绥先生的正直和人品，但在他的书中，我们找不到自己需要的东西。

因此，如果我们给所有这些书都贴上一个标签，而且标签上只有一个词——"物质主义者"。那是因为他们写的都是些无关紧要的事情，他们浪费了高超的技巧和巨大的努力，使微不足道的短暂之物显得真实和持久。

必须承认，我们有些苛刻。而且，我们很难解释我们到底在苛求什么，以此来证明我们有理由不满。我们在不同的时期会提出不同的问题。但是，当我们长叹一声，丢下刚刚看完的小说时，最容易提出的一个问题就是：这本小说值得花时间去读吗？这一切有什么意义？难道说，由于人类的精神时不时会出现一个小小的偏差，所以贝内特先生在使用他那精妙的仪器捕捉生活时偏了一两英寸？结果生活逃脱了。而没有了生活，也许就没有什么值得一提了。我们不得不用这样的一个描述来表达自己的看法，这无异于承认了我们的想法不够清晰。可是我们也不能像批评家常做的那样，通过谈论现实来改善现状。既然我们承认所有的小说评论都难免有些含糊，那我们不妨大胆地提出自己的意见：对我们来说，目前最流行的小说形式往往呈现不出我们所追求的东西。不管我们称之为生活、精神、真理还是现实，这个必不可少的东西早已远去，拒绝再被包装进我们所提供的不合身的外衣中。可我们依旧在坚持不懈，认真地构建我们的三十二章，哪怕我们所依照的图纸已经越来越偏离我们头脑中的愿景。为证明故事的真实以及与生活的相似而付出的巨大努力，不仅被白白地浪费掉了，而且被用到了完全错误的地方，模糊和遮蔽了最初的构想所具有的光芒。作家似乎不是出于自己的自由意志，而是在某个强大又肆无忌惮的暴君的奴役之下，被迫为我们提供情节、喜剧、悲剧、恋爱角色，并制造一种可能的气氛，对一切进行无懈可击的防腐处理，如果这些人物都活了过来，他们会发现自己全身乃至衣服上的每一粒纽扣都符合当时的流行趋势。作家听任暴君的摆布，小说也写得恰到好处。但有时，随着时间的推移，看着书本上这些惯有的套路，我们会越来越多地生出片刻的怀疑和偶尔的叛逆。难道生活是这样的吗？小说非要这样写不可吗？

　　审视一下内心，我们就会发现，生活似乎远不是"这样的"。让我们在平凡的日子里审视一下普通人的内心。头脑接收到无数的印象，有的琐碎，有的则异想天开，有的稍纵即逝，有的却仿佛用锋利的刀剑刻在了脑海中。它们从四面八方涌来，像无数原子不停地喷涌而出。随着这些原子的落下，它们将自己塑造成了"星期一或星期二"①的生活，只不过侧重点发生了变化，重要的不是这一刻，而是那一刻。因此，如果作家是自由人，而非奴隶，可以写他想写的，而不是他必须写的，如果他可以根据自己的感受而不是

① 《星期一或星期二》是伍尔夫1921年出版的短篇小说集，这里她用星期一或星期二的生活来表示小说的核心内容。

按照传统来写作，那就不会出现老套的情节、喜剧、悲剧、恋爱角色或者灾难，或许也不会有一粒纽扣像是庞德街①的裁缝缝上去的。生活不是一排对称摆放的眼镜，而是一个耀眼的光环，是一个从意识的开始到结束都包围着我们的半透明外壳。传递这种变化无常的、未知的、不受限制的精神——不管这种精神显得如何有违常理和复杂，并尽可能不掺入外在且不相容的杂质，难道这不是小说家的任务吗？我们不仅是在呼吁勇气和真诚，我们是想表明真正适合小说的材料和符合习俗要求的材料并不相同。

　　无论如何，我们正是试图通过这样的方式来阐明几位年轻作家的作品有别于先辈作品的品质，而他们当中最引人注目的是詹姆斯·乔伊斯②。这

---

① 自18世纪起，这里就已经成为伦敦的时尚购物中心，并逐渐发展成为英国最著名的商业街之一。

② 詹姆斯·乔伊斯（James Joyce，1882—1941）：爱尔兰作家、诗人，20世纪最伟大的作家之一，后现代文学的奠基人之一，主要作品有《一个青年艺术家的肖像》（*A Portrait of the Artist as a Young Man*）、《尤利西斯》（*Ulysses*）等。

些年轻作家试图更接近生活，把引起他们兴趣、让他们感动的东西更加诚实、准确地保存下来，哪怕为此必须摒弃小说家通常要遵守的大多数惯例。让我们按照原子降落的顺序来记录它们降落的过程，追踪每个景象或者每个事件在意识中留下痕迹的模式，哪怕这些模式看上去多么不连贯和没有逻辑。我们不要想当然地认为，在人们通常认为远大事物中所包含的生活要比渺小事物中所包含的生活更加丰富。任何一个人在读过《一个青年艺术家的肖像》，或者现在《小评论》^①上正在连载的应当更为有趣的《尤利西斯》后，都会不惜冒险提出这样的理论来揣测乔伊斯的意图。就我们而言，针对眼前这样一些碎片做出评论的确很有风险，并没有什么把握。但毫无疑问，无论作者的整体意图为何，他是极为真诚的。或许我们会认为，这种意图的产物让人感到晦涩难懂或者不舒服，但不可否认，它们非常重要。不同于那些我们所说的物质主

---

① 《小评论》（*Little Review*）：美国文学杂志，在1914年到1929年期间发表了许多文学和艺术作品。

义作家，乔伊斯是精神主义者。他不惜一切代价来揭示闪烁在内心最深处的火焰，而火焰传递的信息总是在大脑中一闪而过，为了把它记录下来，乔伊斯凭着十足的勇气忽略了他认为偶然的因素，不论那是可能性、连贯性，还是一代代读者在被要求想象他们摸不着也看不见的东西时支撑他们想象力的其他任何标志。例如墓地的场景时而辉煌，时而肮脏，有时不连贯，有时突然闪现重要的意义，毫无疑问都无比接近敏捷的思维，因此，我们在第一次阅读时，无论如何都很难不称赞其为一部杰作。如果我们想要的是生活本身，那么他的书无疑已经给出。的确，如果我们试图说出自己还想要什么，以及这样一部创意十足的作品为何比不上我们特意选出的高水平著作《青春》[①]和《卡斯特桥市长》，我们就会发现自己绞尽脑汁也想象不出来。

乔伊斯作品的不足之处在于作者思想的相对贫乏——也许我们可以用这样简单的一句话应付

[①] 《青春》（*Youth*）：波兰裔英国小说家约瑟夫·康拉德（Joseph Conrad, 1857—1924）的小说。

过去。然而，我们还可以对这一问题做进一步的探讨。我们想知道是否可以用明亮但狭窄的房间所产生的限制和封闭，而非开放和自由的感觉，来描述其写作方法和思维所产生的某种局限。这种写作方法是不是抑制了作家的创造力？它是否使我们既体会不到愉悦，也感受不到宽宏大量，只是将注意力集中于一个自我，尽管这个自我敏感入微，从不接纳和创造自身之外的任何东西？也许这样说有些说教，但对下流的着重描写是否容易产生某种尖锐且疏离的效果？又或者他的不足仅仅是因为在这种原创性的作品中，尤其对于当代人来说，找到它们的不足要比说出它们的贡献更加容易？不管怎样，作为旁观者来研究"写作方法"是一种错误。如果我们是作家，任何可以表达我们想要表达的内容的方法都是正确的，而作为读者，任何使我们更接近小说家意图的方法也都是好的。乔伊斯写作手法的优点在于它使我们和我们预备称之为生活的东西本身更加贴近。我们阅读《尤利西斯》并不意味着排斥或者忽视了生活中的多少东西，而翻开《项狄传》①乃至《潘登尼斯》②，从中感受到生活不仅还有其他方面，而且这些方面更加重要，也并不会让人感到震惊。

无论怎样，现在的小说家面临的问题和我们认为的过去的小说家所面临的问题是一样的，他们都需要想方设法，自由地做出自己的选择。小说家必须有勇气说，他感兴趣的不再是"这一点"，而是"那一点"，他必须凭"那一点"来构建他的作品。对于现代小说家来说，"那一点"，也就是他们感兴趣的地方，很可能属于心理学的黑暗领域。于是，小说的侧重点也和过去有些不一样了，一些一直被忽视的东西成了重点，因而需要采用不同的形式，对此，我们的先

---

① 全名为《绅士特里斯舛·项狄的生平与见解》（*The Life and Opinions of Tristram Shandy, Gentlema*），英国文学家劳伦斯·斯特恩（Laurence Sterne，1713—1768）的代表作之一，1759—1767年间出版，被视为意识流小说的先驱。

② 《潘登尼斯》（*Pendennis*）：英国小说家萨克雷创作的一部自传体小说。

辈无法理解，我们也感到难以掌握。除非是现代人，也许除非是俄国人，否则没有人会对契诃夫在短篇小说《古雪夫》中所描述的情景感兴趣。一些俄国士兵在运送他们回国的轮船上病倒了。作者描写了士兵们之间零星的谈话和他们的一些想法。然后，有人死去并被抬走了，其他人则继续聊天，直到古雪夫本人死去。他看上去"就像一个胡萝卜或者白萝卜"被扔进了海里。作者竟然把重点放在了这样一个让人意想不到的地方，以至于我们开始根本没看出那有什么重要的。然而，当眼睛习惯了昏暗的光线，能够辨认出房间里物体的轮廓后，我们就会发现这篇小说是多么完整，而契诃夫又是多么深刻、诚实地服从自己的想象，将"这一点""那一点"和其他他感兴趣的东西放在一起，创作出了一种新的东西。但是，我们不能说"这是喜剧"或者"这是悲剧"，我们也无法确定它到底能不能被称为短篇小说，因为根据我们一直以来被灌输的观念，短篇小说应当简短和明确，而这篇小说却模糊不定。

即使是对现代英国小说所做的最基本的评论，也难免提到俄国的影响。而提到俄国作家，人们可能觉得除了他们的小说以外，评价任何其他小说都是在浪费时间。如果想要理解灵魂和心灵，我们还能去哪里找像俄国小说那样对此进行深度刻画的作品呢？如果我们厌倦了自己的物质主义，那么，我们就要知道即使是俄国小说家中最不足道的一位，也天生对人类的精神怀有敬畏。"学会接近人们……但不要让这种同情停留在思想层面，毕竟人们很容易在思想层面同情别人，而是要发自内心的，怀着对他们的爱和他们感同身受。"假如对他人的苦难表示同情，爱他人，努力的目标符合最严格的精神要求被视为圣洁的话，那么在每一位伟大的俄国作家身上，我们似乎都能看到圣人的特征。正是这些圣人让我们感到自己缺乏信仰、琐碎无聊，并使我们的许多著作显得华而不实和弄虚作假。俄国人思想开阔，富于同情心，因此，人们不可避免地认为他们极其伤感。事实上，更确切地说，俄国人的思想是不确定的。他们让我们感到生活没有答案：如果诚实地审视生活，我们就会发现生活提出的一个又一个问题，在小说结束后多半会在无望的质问中不断响起，让我们的内心充满深深的绝望，最后这种绝望甚至会变成愤慨。也许，俄国人是对的。毫无疑问，他们比我们看得更远，不像我们有着严重的视力障碍。不过，也许我们也看到了一些他们没有看到的东西，否则，我们的忧郁心情中为什么混杂着抗议的声音？这种抗议的声音来自另一个古老的文明，它在我们身上似乎只培养出了享受和争吵，而非忍耐和理解的本能。从斯特恩到梅瑞狄斯，英国小说证明了我们天生对幽默、喜剧、大地之美、智力活动和不凡之躯的喜爱。然而，对这两种相去甚远的小说进行比较所得出的任何结论都是毫无意义的，除非这种比较真的让我们看到了艺术的无限可能性，让我们意识到眼界是无限的，除了虚假和伪装，即使是最疯狂的方法和尝试，也不应该遭到禁止。"适合小说的素材"并不存在，一切事物都可以成为适合小说的材料，每一种感受和思想，大脑和精神的每一种特性都可以为我们所用，任何一种见解都没有错。假使我们能够想象，小说艺术像人一样具有了生命，站在我们当中，她肯定会要求我们既要摧毁她、欺侮她，又要尊重和爱护她，因为这样她才会恢复青春，她的权威才会得以彰显。

小说的艺术

　　小说是一位女士，而且出于某种原因，惹上了麻烦，这种想法一定常常出现在她的仰慕者心中。许多英勇的绅士曾骑马前来营救，沃尔特·雷利爵士①和珀西·卢伯克②先生便是其中最主要的两位。不过，他们在与小说接触时都有些拘礼，让人觉得尽管他们很了解她，却和她不

----

① 沃尔特·雷利爵士（Sir Walter Raleigh，1552—1618）：英国文艺复兴时期的一位航海探险家、政客和军人，同时也是一位诗人。
② 珀西·卢伯克（Percy Lubbock，1879—1965）：英国文学批评家、传记作家，代表作为1921年写的《小说的技巧》（*The Craft of Fiction*），是公认的20世纪小说理论的经典著作。

够亲近。现在，福斯特先生①来了，他否认自己很了解小说，但不可否认的是，他和这位女士相当熟稔。如果说他少了别人的那种权威性，但他享有情人才有的特权。他敲了敲卧室的门，便被请了进去，而那位女士只穿着睡衣和拖鞋。他们把椅子拉到壁炉边，开始了轻松诙谐、机智敏锐的谈话，就像没有任何非分之想的老朋友一样，虽然卧室实际上是一间教室，而地点就位于高度严肃的剑桥。

福斯特先生这种不拘礼节的态度当然是有意为之。他不是学者，也拒绝做一个伪学者。他有一种观点，谦逊的讲演者可以采用，对他们大有裨益。像福斯特先生说的那样，讲演者可以"把英国小说家想象成一群人，他们坐在一个房间里

---

① 即爱德华·摩根·福斯特（Edward Morgan Forster，1879—1970），英国小说家、散文家、文学评论家，主要作品有《小说面面观》（Aspects of the Novel）、《看得见风景的房间》（A Room with a View）、《霍华德庄园》（Howards End）等，其中《小说面面观》是他创作的文学理论著作，对小说的故事、人物等各个方面做了深刻剖析。

一起写作，房间是圆形的，有点像大英博物馆阅览室的房间，而非那些一不小心就会被时间之河冲走的人类子孙"。事实上，由于在同时写作，所以他们坚持不按自己的时代顺序来写。理查森坚称自己与亨利·詹姆斯①是同一个时代的人，而威尔斯要写的一段篇章也可能出自狄更斯之手。

福斯特先生本人作为一个小说家，对这一发现并不感到烦恼。经验让他明白，作家的大脑是一台非常混乱、毫无逻辑的机器。他知道他们对写作方法考虑得甚少，对自己的先辈遗忘得非常彻底，而对自己的想法又是过于专注。因此，尽管他对学者充满敬意，但对在纸上奋笔疾书、衣冠不整、疲惫焦虑的人们充满了同情。他俯视他们，不是从多么高的位置，而是如他所说，当他经过他们身边，从他们的肩上望去时，发现某些特定的轮廓和想法会在他们脑海中重现，不管他

① 亨利·詹姆斯（Henry James，1843—1916）：英籍美裔小说家、文学批评家、剧作家和散文家。代表作有《一位女士的画像》（*The Portrait of a Lady*）、《金碗》（*The Golden Bowl*）等。

们处于什么样的时代。自从人类开始讲故事，故事就总是由相同的元素组成，他把这些元素称为故事、人物、情节、幻想、预言、模式和节奏，现在，他在对这些进行研究。

当福斯特先生沿着自己的方向一路轻快地走过时，他有许多判断让我们乐于争论，而他的许多观点又使我们愿意思考：司各特不过是一个讲故事的，而故事是最低级的文学有机体，小说家对爱情不自然的关注在很大程度上反映了他创作时的心态，福斯特先生书中的每一页都有一些暗示或者建议，让我们不得不停下来思考或者忍不住想要反驳。福斯特先生用的就是平常说话的声调，他从不提高嗓门。他已经掌握了说话的艺术，他的话轻轻沉入人们的心底，像在水底开放的花朵一样绽放。尽管他的话引起了我们的兴趣，但我们还是想在一些确定的地方停下来，呼吸一些空气。福斯特先生，请停下来回答我们的问题。如果小说像我们所认为的那样陷入了困境，那可能是因为没有人牢牢地抓住她，对她进行严格的定义。一直没有人为她制定规则，也很少有人为她考虑。尽管规则可能有误，必然会被打破，但它们也有自己的优点：它们赋予了规则的主体以尊严和秩序，让她在文明社会占有一席之地，它们证明了小说值得思考。

然而，对于这一部分职责——如果这是福斯特先生的职责的话，福斯特先生明确地予以了否认。除了附带提到，他不打算创建关于小说的理论。他甚至怀疑有哪个批评家可以探讨小说，即使有这样一个批评家，他又该用何种批评手段。我们能做的就是将福斯特先生推到一个明确的位置，这样才能看清他的立场。也许最好的方法就是引用他对梅瑞狄斯、哈代和亨利·詹姆斯这三位伟人的高度概括的评价。梅瑞狄斯是一位站不住脚的哲学家，他对自然的看法"空洞且夸大其词"，一旦他严肃和崇高起来，又会变得盛气凌人。"还有他的小说，其中大部分的社会价值观都是虚假的。裁缝不像裁缝，板球比赛也不像板球比赛。"相比之下，哈代是一位伟大得多的作家，但作为小说家，却并不那么成功，因为他笔下的人物"需要为情节做太多的让步。除了纯朴的性格外，他们已经丧失了活力，变得单薄而干瘪——哈代对因果关系的强调超过了他的艺术材料所能承受的程度"。亨利·詹姆斯在追求美学职能的狭窄道路上探索并取得了成功，但付出了多大牺牲啊。"必须将大部分的人类生活隐去，他才能写出来一部小说。在他的小说中，只有伤残的人才可以呼吸。他笔下的人物很少，而且台词匮乏。"

现在，看看福斯特先生的这些判断，再加上他承认和遗漏的一些内容，我们就会发现，即使我们不能把他的看法归结为一种信条，也可以将其视为一种观点。他的观点中涉及某种——我们不愿说得更加精确——他称之为"生活"的东西。正是出于这一点，他把梅瑞狄斯、哈代和詹姆斯的书拿来做了比较。他认为这些作家的失败总是与生活有关，这是与小说的审美观点相对立的人文主义观点。这种观点坚持认为小说应当

"充满人性""人在小说中应当有很大的表现机会"，以人们的生活为代价的胜利实际上是一种失败。由此，我们可以明白福斯特为何对亨利·詹姆斯做出了特别严厉的评判，因为亨利·詹姆斯在小说中引入了人以外的其他因素。尽管他创造的小说模式本身很优美，却对人性抱有敌意。福斯特先生说，亨利·詹姆斯会因为对生活的漠视而消亡。

不过，关于这一点，一些顽固的学生可能要问："这个从关于小说的书中不断突然冒出、神秘莫测而扬扬得意的'生活'究竟是什么？为什么小说的模式中见不到它，而在茶话会上却能看到它呢？为什么《金碗》的模式带给我们的乐趣，不如特罗普对在牧师宅邸喝茶的女士的描写带给我们的感情有价值呢？对'生活'的定义无疑太随意了，需要加以详述。"对此，福斯特先生大概会这样答复："他没有制定任何规则，小说在他看来太柔软了，无法像其他艺术一些进行雕刻。他只是在告诉我们什么让他感动，而什么让他觉得索然无味。事实上，除此以外他没有其他的准则。"

于是，我们又回到了之前的困境。没有人知道小说的规则、小说与生活的关系，也不知道小说能发挥怎样的作用。我们只能相信自己的直觉。如果一个读者出于直觉，把司各特称为讲故事的，而另一个又称他为浪漫主义大师，一个读者被小说的艺术所感动，而另一个则被小说描述的生活所感动，这些都没有错，每个人都可以按照自己的观点尽可能地建立一大堆理论。然而，如果假设小说比其他艺术形式更加紧密和谦卑地服从为人类服务这一目标，那么就会得出福斯特先生在其书中再次进一步阐明的立场。他认为小说的美学功能非常薄弱，完全可以忽略，没有必要详细研究。因此，尽管我们无法想象一本关于绘画的书只字不提画家作画的媒介，但像福斯特先生的书那样睿智而精彩的书是可以讨论小说，却对小说家工作的媒介无须多言。关于文字，他在书中几乎没有谈及。有人可能认为同样一句话出现在斯特恩和威尔斯的书中，其代表的意思和产生的作用是一样的，除非他已经读过这些书。也有人可能得出这样的结论：《项狄传》中的语言没有为这本书增添任何光彩。还有其他的一些美学特性也同样被忽略了。正如我们已经看到的那样，虽然模式得到了承认，却因为具有掩盖人性特征的倾向而受到了严厉的谴责。福斯特的书中提到了美，却对美充满了怀疑。美在书中仅偷偷地出现了一次——"小说家永远都不应当将美视为其目标，尽管达不到这一目标就是一种失败"。书的结尾有几页有趣的章节简略地讨论了美以节奏的形式再次出现的可能性。而除此以外，小说被视为从生活中汲取养分的寄生虫，应当把对生活的描写作为回报，否则它就难以存续。在诗歌和戏剧中，文字可以激发、唤起、加深人们的感受，而无须忠实于生活。但在小说中，文字则必须首先用于描写茶壶和哈巴狗，如果做不到这一点，就说明作者缺乏能力。

这种非美学的态度出现在对其他艺术形式的评论中会让人感到奇怪，但出现在小说的评论中却不足为奇。首先，这个问题非常复杂。读过的书会从我们脑海中渐渐退去，就像一场雾、一个梦。我们如何能像罗杰·弗莱①用魔杖指点面前画中的某根线条或者某种色彩那样，用棍子指出从我们眼前消失的书本中的那种语气和关系呢？再者，尤其小说，在其发展过程中会唤起上千种普通的人类情感。将艺术硬拉进这样的关系中似乎有些一本正经和冷酷无情。这很可能损害评论家作为一个有感情和家庭关系的人的形象。因此，当画家、音乐家和诗人承受人们对他们的那份批评时，小说家却可以毫发无伤。人们会讨论他笔下的人物，考察他的道德和家世，却会放过他的文字。现在还没有哪个尚在人世的评论家会说小说是件艺术品，并以此来评判小说。

也许，如福斯特先生所暗示的那样，批评家们是对的。至少在英国，小说算不上艺术作品，也没有哪部小说可以与《战争与和平》《卡

---

① 罗杰·弗莱（Roger Fry, 1866—1934）：英国著名的艺术史和美学家，20世纪最伟大的艺术批评家之一。

拉马佐夫兄弟》和《追忆似水年华》相媲美。尽管我们接受这一事实，但还是不能不做最后一种猜测。那就是在法国和俄国，人们很重视小说。福楼拜为了找到一个短语形容卷心菜而花了一个月时间，托尔斯泰改写了七次《战争与和平》。他们的卓越可能部分来自他们付出的辛苦，还有部分是由于他们受到的严厉评价。如果英国的批评家没有那么重视家庭生活，没有努力捍卫他们称之为"生活"的权利，那么小说家可能也会更大胆一些。他们可能脱离永恒的茶桌和那些似是而非，被认为代表我们整个人类冒险的套路。不过，这样一来，故事可能被动摇，情节可能崩塌，而人物可能被毁掉。简而言之，小说可能成为一部艺术作品。

这就是在福斯特先生的引导下我们会怀有的梦想，因为他的书就是一本鼓励梦想的书。关于那位可怜的女士——也许是出于错误的骑士精神，我仍然坚持称其为小说的艺术，再没有人写过比福斯特先生的书更具有启发性的论述了。

女性与小说

对这篇文章的标题，可以从两个方面来解读：既可指女性和女性所创作的小说，也可指女性和描写女性的小说。如此一语双意，可谓有意为之，因为面对女性作家，尽可能保持灵活才是可取之道。有必要留出一些空间，去探讨她们作品之外的其他方面，毕竟一些与艺术毫无关联的条件恰恰会对她们的作品产生影响。

关于女性的写作，哪怕是进行最肤浅的调查，也会立即引发一系列问题。我们马上就会问，为什么18世纪前没有女性长期从事写作？为什么从那之后，和男人一样，对于她们来说，写作也成了一项日常活动，而且，她们能一部又一部地创作出经典英文小说？不管是当时，还是现在，她们在进行艺术创作的时候，为什么偏偏选择写小说？

只要稍加思考便可发现，对于这些问题，得到的答案只会和小说一样，是虚构而成。眼下，答案锁在旧日记里，塞在旧抽屉中，还有一部分湮灭在老者的记忆中，再也不能重见天日。要找答案，就要去看默默无闻之人的生活，要走进暗淡无光的历史走廊，在那里，虽然隐隐约约，断断续续，却可以感知到一代又一代妇女的面目与形象。关于女性，我们所知甚少。英国的历史是男性的历史，女性并非主角。谈及父辈，我们总是知道他们的一些经历，比如他们做过哪些不凡的事迹，从过军、出过海，做过这个官职，制定过那条律法。然而，我们的母亲、祖母、曾祖母，她们留下了什么？除了老套的方面，一无所有：有一位很漂亮，有一位长着一头红发，还有一位得到过女王的亲吻。我们对她们一无所知，只知道她们叫什么名字、何年何月嫁人、生育了几个子女。

因此，若想知道女性在某一时期为什么要做这样或那样的事，为什么她们在这个时期一个字也不写，在那个时期却创造出了旷世巨作，简直难如登天。任何人只要在古老的文献中寻找，只要把历史翻个底朝天，忠实地描绘出莎士比亚时代、弥尔顿时代、约翰逊时代普通妇女的日常生活，那么不仅可以写出引人入胜的奇书，还能为批评家提供他们目前极为缺乏的武器。非凡的女人依赖平凡的女人。只有当我们了解了普通女性的生活条件——知道她们一般生几个孩子、有没有自己的收入和房间、是否需要担负养家的重任、有没有仆人、需不需要做家务——只有当我们可以判定普通女人过着什么样的生活、有怎样的人生经历，才可以评说非凡的女性作家是成功还是失败。

在女性创作的各个活跃期之间，存在着一个个奇怪的空白阶段。公元前600年，莎孚①和一小

---

① 莎孚（Sappho，公元前7—前6世纪）：古希腊女诗人。

群女人在希腊的一个岛上写诗。之后便进入了一段沉默期。时光一晃到了1000年左右，出身贵族的紫式部夫人在日本写了一本精美的长篇小说。但在16世纪的英国，男性剧作家和诗人激情创作，女性却哑然不语。伊丽莎白时代的文学完全由男性掌控。后来到了18世纪末19世纪初，女性再度执笔写作，这次是在英国，优秀作品层出不穷，她们取得了空前的成功。

当然，女性时而沉默，时而活跃，这种奇怪的间断在很大程度上是由法律和习俗决定的。15世纪的女人要是不肯嫁给父母为她们挑选的夫婿，就会被打得遍体鳞伤，那么在这种时代，精神氛围是不利于艺术作品的创作的。在斯图亚特王朝时期，女人一旦违背自己的心愿嫁给了不喜欢的男人，至少就法律和习俗而言，这个男人就成了她的主人，掌握着她的命运，那么她根本不会有时间写作，遑论得到这方面的鼓励了。我们的时代注重精神分析，于是我们开始认识到环境和暗示对心灵所产生的巨大影响。借助回忆录和信件，我们开始理解创作艺术作品需要付出异乎寻常的心血，艺术家的心灵也需要强大的庇护和支持。济慈、卡莱尔和福楼拜等人的生平和书信向我们证明了这一点确属事实。

19世纪初，英国小说一反常态，出现了蓬勃发展，很明显，法律、习俗和礼仪方面的无数细微变化对此早有预示。19世纪的妇女拥有了一定的空闲时间，还接受了教育。中产阶级和上层阶级的妇女自行挑选夫婿也不再是少有的例外。值得注意的是，四位伟大的女性小说家——简·奥斯汀、艾米莉·勃朗特、夏洛特·勃朗特和乔治·艾略特——都没有孩子，而且其中两位终生未婚。

然而，尽管禁止女性写作的法令早已解除，但女性在创作小说方面似乎依然面临着相当大的压力。没有哪四位女性在天才和性格上比这四位更迥然相异了。简·奥斯汀与乔治·艾略特没有任何共同之处，乔治·艾略特和艾米莉截然相反。然而，她们四位耳濡目染，都只能从事一份职业，开始动笔写作之际，写的都是小说。

无论过去还是现在，女性要写作，还是写小说最容易，原因不难找到，那就是小说是最不集中的艺术形式了。比起写剧本或诗歌，在写小说期间，可以随意停笔或动笔。乔治·艾略特曾放下写作去照顾父亲，夏洛特·勃朗特也曾放下笔去摘掉马铃薯芽。像她这样在公共客厅里写作，周围都是人，女性便会耳濡目染，习惯用心去观察和分析别人的性格。在这样的熏陶下，她可以成为小说家，但不能做一名诗人。

即使在19世纪，女性的生活中也几乎只有家庭和情感。这些19世纪的小说固然精妙绝伦，却还是深受一个现实的影响：写这些小说的女性因为身为女性而无法涉猎某些经历。而要写出优秀的小说，作家必须具有丰富的经历，这一点无可争辩。例如，康拉德若没当过水手，就写不出他小说中最精彩的部分；托尔斯泰若不曾从军人的角度对战争有过深入的了解，若他不是身为男子，年纪轻轻便身家富有，加之受过良好的教育，可以拥有各种各样的经历，对生活和社会知之甚深，那么《战争与和平》就会变得极其乏味。

然而，《傲慢与偏见》《呼啸山庄》《维莱特》和《米德尔马契》皆是出自女性之手，除了在中产阶级客厅里可以接触到的东西外，她们的一切经验都遭到了强行剥夺。对她们而言，战争、航海、政治或商业这些领域的第一手实践经验都是可望而不可即的。哪怕是她们的情感生活，也受到法律和习俗的严格约束。乔治·艾略特大胆地与刘易斯先生同住，却不曾与他正式结为夫妻，为此，公众舆论一片哗然。面对这种压力，她不得不前往郊外隐居，而这不可避免地对她的创作造成了最恶劣的影响。她写道，除非有人主动要求来看她，否则她从不邀请任何人。与此同时，在欧洲的另一边，托尔斯泰当了兵，过着自由的生活，与各个阶层的男男女女往来，没人因此指责他，他的小说也因此获得了惊人的广度和活力。

但是，影响女性小说的并不仅仅是作家有

限的人生经历。至少在19世纪，女性小说展现出了另一个与作者性别有关的特征。在《米德尔马契》和《简·爱》中，我们不仅可以窥见作者的性格，就像我们透过作品能了解查尔斯·狄更斯的性格一样，我们还意识到她们的字里行间始终存在着一个女性，她对女性所遭遇的不公心存不满，呼吁女性应该得到更多权利。这给女性的作品带来了一种男性作品中完全没有的元素，除非这些男作家碰巧是工人、黑人，或者出于其他原因而意识到自己在某些方面是有所欠缺的人。这个特征造成了扭曲，往往还会制造出弱点。出于个人原因而发出呼吁，或者创造出一个虚构人物，借其之口道出个人的不满或委屈，往往会引致叫人忧虑的效果，就好像读者的注意力被引导去关注的焦点从一个变成了两个。

对简·奥斯汀和艾米莉·勃朗特而言，她们的天赋最叫人信服之处便在于她们无视这些要求和恳求，坚持自己的道路，纵使受到蔑视和谴责也不受其扰。但必须具有非常平静或非常强大的心灵，才能压抑心里熊熊燃烧的怒火。从事艺术创作的女性常常受到这样或那样的嘲笑、责难和贬损，发火也是自然而然的反应。从夏洛特·勃朗特的愤慨和乔治·艾略特的无奈顺从中就可见一斑。在那些不那么优秀的女作家的作品中，透过她们对主题的选择、不自然的过分自信、反常的逆来顺受，我们可以一再发现这种情况。此外，她们还在无意中暴露了自己缺乏诚意。她们采取了与权威相符的观点，于是她们的视野会变得过于男性化或者过于女性化，因而失去了完美的诚实，而这是艺术作品最基本的品质。

女性写作出现了一个巨大的变化，而表面看来，这是态度的变化。女作家不再愤愤不平。她们不再愤怒，文字不再充满恳求和抗议。女性写作很少或不再受到外来影响的时代，即便不是已经实现，也是即将到来了。她们将能够专注自己的视野，不受外界干扰。到了现在，这种曾经只有身具天赋和独创能力的人才能企及的超然才为普通女性所拥有。因此，当今女性所写的小说普遍比五十甚至一百年前要真实得多、有趣得多。

但是，在女性能够完全按照自己的意愿写作前，还有许多困难要面对，这仍然是事实。首先是技术上的困难，这看起来很简单，实际上叫人摸不着头脑，这个难题就是写作的句式并不适合女性。写作的句式是男性创造的，女性使用起来显得太宽松、太沉重，也太浮夸了。然而，在小说中，句式是极为重要的，必须找到一种普通而平常的句式，方便读者轻松自然地把书从头读到尾。女性必须为自己改变和调整当前的句式，直至可以描写出自然形态的思想，而不会造成破坏或扭曲。

但是，毕竟这只是达到目的的一种手段，而只有当女性有勇气战胜反对的力量、决心做真实的自己，这个目的才能实现。毕竟小说会描写千百个不同的对象，比如人、自然和神，并试图在他们之间建立起联系。在每一部优秀的小说中，通过作家强大的想象力，这些不同元素都被固定在适当位置上。但还有另一种习俗强加的秩序。男性不仅掌握着这种习俗的决定权，还在生活中建立了一套价值系统。由于小说主要以生活为基础，所以在小说中，这些价值观在很大程度上也占有主导地位。

然而，无论是生活中还是艺术上，女人的价值观都不同于男人。因此，女性一旦开始写小说，就会发现自己经常想要改变既定的价值观，想让在男性眼里无关紧要的事变得意义重大，把对男人很重要的事变得微不足道。她们自然会因此受到批评，因为男性评论家见到有人试图改变现行的价值标准，会大呼困惑和惊讶，他们不仅会在其中看到不同观点，还会因为这种观点与他们所秉持的观点不同，就认为它们软弱、无足轻重、多愁善感。

但是，女性的观点越来越独立。她们开始尊重自己的价值观。出于这个原因，女性小说的题材出现了一定的变化。女性作家似乎对自己不太感兴趣，而对其他女性的兴趣更大。19世纪初，女性小说大多为自传体。促使她们写作的动机之一是希望揭露自身的苦难，为自己的事业辩护。现在，这种欲望不再那么迫切，女性开始探索自己的性别，并以前所未有的方式描写女性。当然，直到最近，文学作品中的女性人物都是男性创造出来的。

这里还有一些困难需要克服，可以概括地说，女性不仅和男性不一样，并不乐于接受别人的观察，她们的人生也很少受到日常生活的考验和审视。女性的人生中往往不会留下什么实实在在的东西。她们做熟的饭菜已被吃掉，她们养育的子女也已走向社会。那着重点落在哪里？女性小说家要抓住什么样的突出特征？很难说得清。她们的人生特质没有特色，而这一点极为叫人费解。这个神秘昏暗的领域在小说中第一次得到了探索。与此同时，女作家还必须记录随着各项职业对女性开放，女性的思想和习惯都出现了哪些变化。她们必须观察自己如何脱离了暗无天日的生活，必须发现随着人生暴露在外部世界之中，出现了哪些全新的颜色和阴影。

因此，如果要总结当前女性小说的特点，可以说这类小说大胆、真诚，密切关注女性的感受，字里行间没有愤愤不平，并不坚持描写女性的特质。但与此同时，女人写书的方式与男人截然不同。这些品质比以前普遍得多，甚至使二三流的作品也具有真理的价值和真诚的好处。

但除了这些优点，还有两点需要进一步讨论。英国妇女原本没有什么影响，摇摆不定，面目模糊，但后来她们有了投票权，开始挣工资，是可以负起责任的公民。这种变化使她们采取超脱个人色彩的态度去对待生活和艺术。现在，她们与他人的关系不仅限于感情，她们还才智超群，涉足政治领域。在旧制度下，她们不能顾及自身，只能从丈夫或兄弟的眼光看待事物，以他们的利益为先，如今那种制度已经不复存在，现在的社会注重直接和实际的利益，女性必须为自己而采取行动，而不是仅仅影响别人的行动。因此，妇女的注意力不再像过去一样只关注个人，而是转向了更广阔的范围，如此一来，她们创作的小说对社会的批判自然多了起来，对个人生活的分析则是越来越少。

迄今为止，如牛虻一样评论国事的都是男性，可以料想，女性也将占有一席之地。她们的小说将涉及社会弊端和补救措施。人们观察他们笔下的男女，并不完全是看他们在情感上的关系，而是看他们在群体、阶级和种族中的凝聚或冲突。这是一个重要的变化。但是，对于那些喜欢蝴蝶而不喜欢牛虻的人，即对艺术家另眼相看、对改革者不屑一顾的人而言，还有一点更为有趣的变化。那就是，女性生活越是非个人化，越能鼓励诗歌精神，而女性小说在诗意的诠释上仍然是最薄弱的一环。这将促使女作家不那么专注事实，不再满足以惊人的敏锐记录自己观察到的微小细节。她们将超越个人和政治的关系，关注诗人试图解决的更广泛的问题，比如命运和生命的意义。

当然，那种诗歌态度的基础在很大程度上建立在物质之上，要有闲暇时间、一定的金钱，还要有金钱和闲暇所创造的机会，从客观和冷静的角度去观察事物。有了金钱和闲暇可供使用，妇女们自然会比以往任何时候都更多地投入写作中去。她们将更充分，也更巧妙地运用写作工具，技巧也将变得更大胆、更丰富。

过去，女性写作的优点往往在于其浑然天成，油然而生，就像黑鹂或画眉的歌声一样。她们没有接受过写作的培训，一切都始于内心。但更多时候，她们的文字叽叽喳喳，喋喋不休，只是把想说的话写在了纸上，任其在水洼和污迹中风干。将来，如果给她们时间和书籍，并在家里给她们留出一点空间，那么对女人而言，文学就将像对男人一样，将成为一门可以大加研究的艺术。女性的天赋将得到培养和增强。小说将不再是宣泄个人情感的地方。它将比现在更像一件艺术作品，它的资源和局限性都将得到探索。

从这一点出发，只需要再迈出一小步，就能实践复杂精深的艺术，也就是写作散文和评论，写历史书籍和传记，而迄今为止，女性很少涉足这些艺术领域。假如只考虑小说，这也是有好处的：除了可以提高小说的质量，还会吸引那些因为小说通俗易懂而很想看小说却也喜欢其他文学作品的人。如此，小说就可以摆脱那些在我们这个时代已经变得不像样的多余的历史和事实。

所以，如果我们可以预言未来，那么将来女性写的小说在数量上会减少，但在质量上将有所提升。她们不仅会写小说，还将创作诗歌，撰写评论和历史。展望那个黄金时代、那个非凡的时代，可以肯定，到时候，女人将拥有长久以来被剥夺的东西，比如闲暇的时间、金钱和一间属于她们自己的房间。

一间自己的房间

1929年10月，长篇散文《一间自己的房间》由霍加斯出版社首次出版。这篇文章根据伍尔夫前一年在剑桥大学的一系列讲座改编而成，也是对1929年初发表的文章《女性与小说》的修订版本。在其中，伍尔夫探讨了女性作家的主题，以及女性在小说中的表现。这篇散文中最著名的一句话是作者断言："女性要想写小说，就必须有钱，还要有一间自己的房间。"文章以第一人称叙述，"我"是虚构出来的，谁来代替伍尔夫叙述并不重要，只是一个"并不存在"的人而已。在散文的开始，她来到"牛桥学院"，在那里探讨了自己的观点：由于一系列具体和实际的问题，女性被剥夺了写作的机会。女性缺乏经济自由，因而没有时间和空间来写作，甚至没有机会思考。伍尔夫通过塑造莎士比亚之妹朱迪斯这个人物，将女孩和女人所面临的局限表现得淋漓尽致。伍尔夫认为，一个女孩即便拥有与莎士比亚同样的创作和文学天赋，也不可能有机会成为伟大的剧作家。伍尔夫创作了一个故事：朱迪思不能去上学，只能在家里大门不出，二门不迈，她只要看书或学习，不去做家务，就会惹来一顿惩罚，甚至要被迫接受一段注定不会幸福和圆满的婚姻，而一旦嫁了人，她的创造力将彻底枯竭。

在文章的其他部分，作者追溯了女性作家的历史，还提到了一首16世纪的叙事歌谣《玛丽·汉密尔顿》，这是一个虚构的故事，主人公是苏格兰玛丽女王的一个随从。汉密尔顿怀上了女王丈夫的孩子，她没有要这个孩子，并因未婚有孕而失去了生命。伍尔夫借此暗指父权体制是个牢笼，危险始终存在，人们不可违反条条框框，只有一死才能逃离暴政。伍尔夫还谈到了性别和其他话题，女人可以在家庭之外建立关系，有所追求，而不必总是与男人扯上关系，为男人的利益考虑。作者赞同女性尝试打破文学风格和内容的限制，勇于尝试写作。文章的叙述者苦苦寻找关于女性的史实，但一无所获，并将这一空白与多少世纪以来小说中女性人物的普遍存在进行了对比。关于女性，伍尔夫写道："在想象中，她们的重要性无与伦比，实际上却微不足道。"

一

你们可能会说，我们请你来谈女性和小说，但是，这和一间自己的房间有什么关系？我会尽量解释清楚的。那时候，你们提出让我来谈女性与小说，我便坐在河岸上，思考这些话是什么意思。可能只是对范妮·伯尼①评论一番，谈谈简·奥斯汀，再向勃朗特姐妹致敬，讲一讲三姐妹所居住的霍沃斯牧师住宅的雪景，如果可能的话，说几句关于米特福德小姐②的俏皮话，恭敬地品评乔治·艾略特，再提几句盖斯凯尔夫人③，这样就可以了。但仔细一想，这个命题就不那么简单了。《女性与小说》这个标题可能表示女性和女性的生活、女性和女性所写的小说，或者女性和围绕女性所写的小说，还有可能是这三者的结合，你们很可能也是这个意思，想让我从这个角度来考虑。然而，当我开始以最后一种、似乎也是最为有趣的方式来考虑这个主题时，我很快就发现它有一个致命的缺点：我永远

① 范妮·伯尼（Fanny Burney，1752—1840）：英国女作家、剧作家，其小说多描写英国当时的社会风貌和风俗人情，代表作品为《伊芙莱娜》（*Evelina*）。

② 即玛丽·拉塞尔·米特福德（Mary Russell Mitford，1787—1855），英国女作家，代表作品为《我们的村庄》（*Our Village*）。

③ 即伊丽莎白·盖斯凯尔（Elizabeth Cleghorn Gaskell，1810—1865），英国维多利亚时期的女作家，她以现实主义的笔触描写当时的社会和政治生活，代表作品为《玛丽·巴顿》（*Mary Barton*）。

无法得出结论。我认为，我永远履行不了一个演讲人的首要职责：在夸夸其谈一个小时后，给各位一个金块般的纯粹真理，让你们将其夹在笔记本里，永远放在壁炉架上。我所能做的只是就一个小小的观点提出自己的见解，这个观点就是女人要想写小说，就必须有钱和自己的房间。

正如你们所看到的，这就引出了一个悬而未决的大问题，即女人的真实本性和小说的真实本质。我逃避了对这两个问题做出结论的责任，就我而言，女性和小说仍然是一个未解决的问题。不过，为了弥补，我将尽自己所能地向你们说明房间和金钱的看法是如何得出来的。在你们面前，我将尽可能充分和自由地展开使我产生这种想法的思路。如果我把这个说法背后的思想和偏见都暴露出来，或许你们会发现它们对女人和小说都有影响。无论如何，如果一个话题极具争议性，那么人们并不会指望有人能说出真相，而有关性别的问题历来都是如此。人们只能表明自己为何会持有某种观点，只能给听众一个机会，让他们通过观察演讲者的局限性、偏见和个性，从而得出他们自己的结论。现在我们所说的小说可能包含比事实更多的真相。

因此，我打算利用一个小说家的所有自由和特许，讲一讲我在此前两天都做了什么——你们放在我肩上的主题似有千斤重，我苦思冥想，日常生活无时无刻不围着它旋转。无须多言，接下来我所讲的故事纯属虚构，牛桥是虚构的，费纳姆也是如此，之所以以第一人称"我"讲述，只是为了方便，而这个"我"也不是真实存在的人物。虽然我说的都是编造的故事，但其中确实夹杂着一些真理。需要你们去找出这些真理，并决定哪部分真理值得保留。如果没有，你们大可以将其全部扔进废纸篓，并忘得一干二净。

一两个礼拜前，我坐在一条河的岸边。我叫玛丽·比顿，你也可以叫我玛丽·西顿或玛丽·卡迈克尔，你喜欢叫我什么都可以，这无关紧要。在这个天清气爽的10月的一天，我陷入了沉思。正如我刚才谈到的，女性和小说，就一个势必会引起各种偏见和盛怒的问题得出结论，这压得我抬不起头来。左右两边都长着灌木，有金黄色的，有深红色的，色彩娇艳，仿佛燃烧着炽热的火焰。河对岸，柳树肩上披着"发丝"，不停地哀哭。河水倒映着它所选择的部分天空、桥梁和鲜艳的树木，一位大学生划船漂浮在倒影之间，倒影在被划破之后，又完全合上，仿佛他从不曾经过。在这样一个地方，人可以坐上一整天，在自己的思绪中遨游。思绪已经把它的线伸进了河水里。思绪这个名字比实际上要骄傲得多。一分钟又一分钟，那条线在倒影和水草之间晃来晃去，任由水流扯着它浮起来又沉下去，接着，我轻轻地一拉，一个念头突然在线的末端集结起来，我小心翼翼地把它拉过来，又小心翼翼地把它摊开。唉，我的这个想法放在草地上，显得多么渺小、多么微不足道。这个想法就好像一条鱼，而有经验的渔夫会把这种鱼放归水中，这样它就可以长得更肥、更大，待以后再拿来果腹。现在我不想说这个想法是什么，以免给你们添麻烦，不过，如果你们仔细聆听，就能在我即将要说的话里自行发现它。

但是，不管它多么渺小，它和所有想法一样，都透着神秘，一把它放回到头脑深处，它立刻变得非常令人兴奋，也非常重要。它忽上忽下，闪来闪去，惹得思绪纷乱，心神激荡，使人再也不能安坐不动。就这样，我不由自主地以极快的速度穿过草地。马上就有一个男人站出来阻拦我。一开始我并未明白那个穿着燕尾服和衬衫，外表看起来稀奇古怪的人竟然在对着我打手势。他的脸上流露出恐惧和愤慨。面对这样的情形，让我豁然开朗的不是理智，而是本能。他是一位校官，而我是一个女人。这里是草坪，而小路在远处。只有研究员和学者才能上草坪，我只配待在砾石小路上。这些念头在电光石火间涌现，我回到小路上，校官的胳膊才放下去，神情也恢复了往常的平静。虽然草皮比砾石小路好走得多，却也没什么太大差别。不管是哪所大学的院士和学者，我能提出的唯一指控是为了保护他们那片已被连续踩踏了三百年的草坪，他们把我的"小鱼"吓跑了。

究竟是什么念头使我如此大胆地闯到我不该去的地方，现在我已想不起来了。和平的神灵像一朵云从天而降，假如和平的神灵会在什么地方停留，那一定是在10月一个晴朗的早晨，在牛桥的庭院和方院里。漫步在学院里，走过古老的厅堂，当下的不顺似乎都被抚平了。身体仿佛被装在一个神奇的玻璃柜里，任何声音都透不进来，心灵则摆脱了与事实的接触（除非再次闯入草坪），可以自由自在地徜徉在任何与此刻和谐相处的沉思中。碰巧的是，我猛然想起以前看过的一篇文章，讲的是在长假中再次造访牛桥的事。

接着我想起了查尔斯·兰姆，萨克雷曾把兰姆的一封来信举起贴在额头上，大呼"圣查尔斯"。的确，在所有已经离世的作家中（我把我的想法告诉你们），兰姆是最和蔼可亲的，有人会想对他说："告诉我你的散文是怎么写出来的。"他的散文胜过马克斯·比尔博姆，我觉得比尔博姆的散文可谓十全十美，不过兰姆的散文中弥漫着狂野的想象力，激荡着天赋的闪光，虽然有缺陷和不完美，却极富诗情画意。大概一百年前，兰姆来到牛桥。当然，他写了一篇散文，我记不清它的名字了，是关于他在这里看到的弥尔顿的一首诗的手稿。也许那首诗是《利西达斯》。兰姆写道，想到《利西达斯》与原稿不同，他就惊诧不已。在他看来，弥尔顿改变那首诗的用词简直就是一种亵渎。于是我回想着自己能记起的部分《利西达斯》，还自娱自乐，猜测弥尔顿可能修改了哪个词以及为什么修改。这时我突然想到，兰姆看过的手稿就在几百码之外，我大可以跟随兰姆的脚步穿过方院，去往那座收藏这宝藏手稿的著名图书馆。而且，在将这个计划付诸行动后，我猛然想起萨克雷的《亨利·埃斯蒙德》手稿也保存在这个著名的图书馆里。批评家们常说，《亨利·埃斯蒙德》是萨克雷最完美的小说。但据我所知，这种矫揉造作的风格，以及对18世纪风格的模仿都是一种阻碍，除非这种18世纪的风格对萨克雷来说是很自然的，而只要看一眼手稿，看看所做改变是为了风格还是文章意义，就知道事实如何了。然而人们必须确定什么是风格、什么是意义，这个问题……但此时我已到了图书馆门口。我一定是打开了门，因为马上就出现了一位温和的银发绅士，他就像一个守护天使，只是飘动着的是黑色的长袍，而不是白色的翅膀，他对我的出现很不以为然，挡住了我的去路。他挥手让我回去，低声惋惜地表示，只有在学院院士的陪同下，或者带着介绍信，女士方可进入图书馆。

一个著名的图书馆，即使受到女人的咒骂也是小事一桩。它庄严肃静，把所有珍宝紧紧锁在胸腔里，它安然沉睡，而就我而言，它将永远沉睡不醒。我再也不会踏足此地，去唤醒那些回声，再也不会要求得到款待，我一边愤怒地走下楼梯，一边如此发誓。离午餐还有一个小时，该怎么打发掉这段时间呢？在草地上漫步？去河边坐坐？这的确是一个美丽的秋日早晨，发红的树叶飘落到地上，做这两件事都没有太大困难。但有乐声飘入了我的耳朵，是有人在进行礼拜仪式或庆祝活动。我从小礼拜堂的门口经过，恢宏的管风琴声哀怨缠绵。在这宁静的氛围中，甚至连基督教的忧伤也更像是忧伤的回忆，而不是忧伤本身。就连那古老的风琴发出的如泣如诉的琴声似乎也被平静的氛围包裹了。即便我有权进去，我也不愿意进去了，而且这一次出来阻止我的会是教堂司事，也许要我出示洗礼证书，或者学院院长的介绍信。这些宏伟建筑的外观往往和内部一样美轮美奂。此外，看着会众们聚集在一起，进进出出，在礼拜堂门口忙忙碌碌，就像蜜蜂在蜂巢口忙碌一样，也已经足够有趣了。许多人穿戴着方帽长袍，有些人的肩上披着皮草。有人坐在有篷盖的轮椅上，另一些人虽然还不到中年，但脸上已经长满了皱纹，还被碾压成了奇怪的形状，看到他们，就会想起那些吃力地爬过水族馆沙地的大螃蟹和小龙虾。

我靠在墙上，觉得这所大学确实像一座圣

殿，保护着很多奇怪的人物，要是把他们丢到斯特兰德大街的人行道上自生自灭，他们很快就将遭到淘汰。有关学院院长和教员的古老故事浮现在我的脑海里。据说老教授一听到哨声，就会立刻飞奔起来，但我尚未鼓起勇气吹口哨，可敬的教众就进去了。小礼拜堂的外观依然如故。如你所知，高耸的圆顶和尖塔清晰可见，就像一艘始终在海上航行的帆船，永远无法到达目的地，在晚上被照亮，在数英里外隔着千重山也能看到。

据推测，这个有着光滑草坪、巨大建筑和小礼拜堂的方院曾经也是一片沼泽，野草丛生，野猪横行，不停地用鼻子拱土。想来一定是一队队的马车和牛车从遥远的乡村运来了石头，然后无穷无尽的劳动力投入了进去，将此时在我身上投下阴影的灰色石块一一修筑好。接着，油漆工们运来玻璃，做好了窗户，泥瓦匠们在屋顶上忙了好几个世纪，挥着铁锹和泥铲，刮着油灰和水泥。每到星期六，一定会有人从皮钱包里把金银倒进这些工匠粗糙的手里，让他们在晚上去喝杯啤酒，玩几把撞柱游戏。我想，一定有源源不断的金银流进这个院子，好让石头源源不断地运来，让石匠不停地工作：刨平、挖沟、排水。

但当时是信仰的时代，人们投入大笔金钱，把石头建在很深的地基上，随着石头越筑越高，更多的钱从国王、王后和王孙贵族的金库涌入，以确保赞美诗在这里唱响，有人在这里学习。土地被划拨给了这里，什一税①也都收讫。后来，信仰的时代一去不复返，理性的时代到来了，可照样有金银流进来。奖学金成立了，讲师的职务设立了，只是金银不是来自国王的金库，而是来自商人和制造商的口袋，来自靠工业赚得盆满钵满的人，他们立了遗嘱，将大笔遗产捐给自己曾经学习技艺的大学，用来设立更多的讲师职务和奖学金。因此才有了图书馆和实验室，有了天文台。由昂贵而精致的仪器组成的一流设备摆在玻璃架子上，而几个世纪前，这里还杂草丛生，野

---

① 欧洲基督教会向居民征收的宗教捐税，西欧大多数国家在18—19世纪先后废除，英国征收到1936年。

猪刨地。当然，当我在院子里漫步时，金银的根基似乎足够深，人行道非常结实，再也不会长出野草。仆从头上顶着托盘，忙着从一道楼梯走到另一道楼梯。窗台花箱里开着艳丽的花朵。留声机的乐声从里面的房间里传来。不深思是不可能的，但不管反思了什么，都被打断了。钟响了，到了找路去吃午饭的时候。

说来也怪，小说家总有办法让我们相信，只是因为有人说了一句妙语或做了一件非常明智的事，午餐聚会就会令人难忘。但他们很少提到都吃了什么。小说家的习惯是不提汤、鲑鱼和烤鸭，好像汤、鲑鱼和烤鸭无关紧要，好像没有人抽过雪茄或喝过酒。然而，在这里，我要冒昧地打破这个惯例，和各位讲一讲这些。这次午餐的第一道菜是装在深盘里的鳎鱼，学院厨师在上面铺了一层白花花的奶油，只是奶油上布满了棕色的斑点，就像母鹿侧腹部的斑点一样。下一道菜是鹧鸪，但如果你们以为这表明盘子里摆着一对焦褐色的鸟，没有毛，那可就错了。端上来的鹧鸫什么样的都有，搭配着各式酱汁和沙拉，有辣的，有甜的，每一种都是按顺序摆放，佐餐的土豆切得像硬币一样薄，但是没硬币那么硬，球芽甘蓝的菜叶像玫瑰花蕾，只是汁水多了一点。人们刚一吃完烤鹀鸫和配菜，那个沉默的侍从（也许就是刚才那位校官，不过现在他比较温和）就把一种裹在餐巾纸里的甜品放在我们面前，全是糖，一碰直晃。把它叫布丁，并将它和大米、木薯淀粉联系起来绝对是一种侮辱。与此同时，酒杯里先是装着一种黄色的酒，随即装着深红色的酒，空了之后，复又倒满。

就这样，在脊骨中间，也就是灵魂所在的位置，渐渐地被照亮了，照亮它的不是我们称之为才华的东西，才华只在我们的嘴边进进出出，而是一种更深刻、更微妙、更隐蔽的光辉，那是理性交流的浓烈黄色火焰。不用着急，不需要闪耀，不需要成为任何人，只做自己即可。我们都要上天堂，而范·戴克是我们的同伴，换句话说，当一个人坐在靠窗座位的靠垫上，点上一支好烟，生活会显得非常美好，回报甜蜜，这种怨恨或那种委屈是多么微不足道，同类的友谊和交往是多么令人钦佩。

假如手边有个烟灰缸，假如不是因为没有烟灰缸而把烟灰弹到窗外，假如事情稍有不同，大概就不会看到那只没有尾巴的猫了。看到那只断尾的动物突然出现，轻轻地走过四方院，在某种潜意识智慧的作用下，我的情感之光发生了改变。就好像有人放下了窗帘。也可能是白葡萄佳酿的酒力发挥了出来。当然，当我看着那只曼岛猫停在草坪中间，仿佛它也在质疑宇宙时，我觉得似乎缺少了什么，似乎有些不同。我一边听着别人说话，一边自问，缺少了什么，又有哪里不同？为了回答这个问题，我不得不想象自己在房间外面，回到过去，回到战争以前，想象在离这些房间不远的房间里正举行着另一场午餐会。但那场午餐会是不同的。一切都不一样。客人们也在交谈。来了很多客人，都很年轻，有男有女，参会进行得很顺利，气氛愉快、自由、有趣。我把想象中的餐会与眼前的餐会放到一起进行比较，我毫不怀疑它们一个是另一个的衍生物，是"合法继承人"。什么都没有改变，没有什么不同，只是在这里，我全神贯注地听着，却没有把别人的话全听进去，我还在听说话声后面的窃窃私语或涌动的暗流。是的，就是这样：变化就在那里。在战前，在这样的午餐会上，人们会说同样的话，但听起来会不一样，因为在那些日子里，谈话会伴随着一种嗡嗡声，不清晰，却悦耳动听，令人兴奋，这改变了话语本身的价值。能把这种嗡嗡声和人们所说的话联系起来吗？也许在诗人的帮助下，是可以的……我身边放着一本书，我打开它，漫不经心地翻到丁尼生①的诗歌。我发现丁尼生在唱：

> 从那门前怒放的西番莲花，
>
> 落下了一滴晶莹的泪珠。
>
> 她来了，我的白鸽，我的爱人；

---

① 即阿尔弗雷德·丁尼生（Alfredlord Tennyson，1809—1892），英国维多利亚时代的桂冠诗人。

她来了，我的生命，我的命运。

红玫瑰叫嚷着："她近了，她近了。"

白玫瑰啜泣着："她来迟了。"

飞燕草在倾听："我听到了，我听到了。"

还有百合在喁喁低语："我在等待。"

这是男人在战前的午餐会上哼唱的诗歌吗？那女人们唱什么？

我的心像只欢唱的鸟儿，

在湿润的嫩枝上筑巢；

我的心像棵苹果树，

茂盛的果实压弯了枝条；

我的心像虹彩的贝壳，

在宁静的汪洋中戏水；

我的心比这一切更快乐，

因为我的爱人即将来到。

这是女人在战前的午餐会上哼唱的诗歌吗？

想到人们在战前的午宴上低声哼唱这些诗句，我就觉得有些荒唐，不禁笑了起来。我只好指着那只曼岛猫解释说是被它逗笑了。那只猫在草坪中间，没有尾巴的小可怜看起来确实好笑。它是天生如此，还是遇到了什么意外，才失去了尾巴？虽然据说英国曼岛有一些无尾猫，但眼前这一只实属罕见。这是一只奇怪的动物，与其说它漂亮，不如说它古怪。说来也怪，一条尾巴居然会带来这么大的不同——你知道，当午餐聚会散场，人们在找外套和帽子时，便会说些这样的话。

由于主人的热情好客，这次餐会一直持续到了下午。这个美丽的10月的一天，时光渐渐流逝，我走在林荫道上，树上的叶子纷纷飘落下来。在我身后，似乎有一扇又一扇门轰然关闭，宣示着终局到来。不计其数的校官把不计其数的钥匙插进上了油的锁里，让宝库安然度过一个全新的夜晚。走出林荫道，就到了一条公路，我忘了这条路叫什么名字。只要沿着路向右拐，就可一路来到费纳姆。不过时间还很充裕。要到七点半才开始晚饭。吃过这样一顿丰盛的午饭，哪里还吃得下晚饭。奇怪的是，竟有几句诗在我的脑海中发挥作用，指挥着我的双腿随着它的韵律沿路移动。那几句诗是：

> 从那门前怒放的西番莲花，
> 落下了一滴晶莹的泪珠。
> 她来了，我的白鸽，我的爱人……

我快步向海丁利区走去，我的血液里流淌着歌声。我开始唱另一小节，旁边堰坝里的水翻涌着：

> 我的心像只欢唱的鸟儿，
> 在湿润的嫩枝上筑巢；
> 我的心像棵苹果树……

"多好的诗人啊，"我在暮色中大声喊道，

"他们是多么出色的诗人啊！"

想来是出于嫉妒，尽管对比古今很愚蠢、很荒谬，但我还是继续思索，是否能说出两个我们这个时代里像丁尼生和克里斯蒂娜·罗塞蒂①那样伟大的诗人。我望着冒着泡沫的河水，心想显然不可能把他们进行对比。诗歌之所以使我如此心神激荡、如此心醉神迷，正是因为它歌颂了人们过去的某种感情（也许是在战前的午宴上），才会让我这么容易做出似曾相识的反应，而不必费心去检查这种感情，或将其与现在的任何感情进行比较。但是，当代诗人所表达的感觉实际上是在当下从我们身上制造和撕裂出来的。一开始，人们认不出它们，通常出于某种原因，还会心怀畏惧。人们敏锐地注视着它们，还带着嫉妒和怀疑的态度，将它们与自己所熟悉的昔日的感觉进行比较。因此，现代诗歌的难题便在于此。正是因为这个难题，即便是优秀的现代诗人所写

---

① 即克里斯蒂娜·吉奥尔吉娜·罗塞蒂（Christina Georgina Rossetti, 1830—1894），英国女诗人。

的诗，人们也记不住两行以上。出于这个原因（况且我的记性也不好），我才没有继续深究这个问题。我继续向海丁利走去，心想，可为什么我们在午餐会上不再低声哼唱了呢？阿尔弗雷德为什么不再唱了：

她来了，我的生命，我的命运。

为什么克里斯蒂娜不再回应：

我的心比这一切更快乐，
因为我的爱人即将来到。

应该把责任归咎于战争吗？1914年8月，当枪炮声响起的时候，男人和女人的神情落在彼此眼里是如此平淡，难道他们知道浪漫已被扼杀？当然，在漫天的炮火火光的映衬下，看到我们统治者的面孔，着实叫人震惊（尤其对那些对教育抱有幻想的女性来说）。那些人——德国人、英国人、法国人，他们看上去丑陋不堪，愚不可及。但是，无论你想把责任推到什么事或什么人身上，激发丁尼生和克里斯蒂娜·罗塞蒂如此热情地歌唱爱人到来的那种幻觉现在已经少了很多。现在人们只需要读、看、听和记忆。但是为什么说"责备"呢？如果这是一种幻觉，为什么不赞美那场灾难，因为是它摧毁了幻觉，并用真理取而代之？至于真相……此处的省略号表明我为了寻找真相，而忘记拐到那个前往费纳姆的弯道。

确实，什么是真相，幻觉又是什么？我这么问自己。例如，暮色四合，路边的房子开着红色的窗户，显得昏暗而喜庆，但在早晨九点钟，这些红窗房看起来是那么寒酸和脏污，散落着糖果，挂着靴带晾晒，那这些房子的真相是什么呢？还有那些柳树、那条河以及一直延伸到河边的花园，此刻在悄然落下的薄雾的笼罩下变得模糊了，但在阳光下却是金红色的，关于它们，哪个是真实的，哪个又是虚幻的呢？我就不跟你们讲我迂回曲折的思路了，因为我在去海丁利的路上没有找到任何结论，我请各位假定我很快就发现自己忘记了拐弯，于是原路折回前往费纳姆。

正如我说过的，那是10月的一天，我不敢改变季节，描写挂在花园墙上的紫丁香、番红花、郁金香和其他春日繁花，从而失去你的尊重，并危及小说的美名。小说必须忠于事实，事实越真实，小说就越好……反正别人是这么说的。因此，秋天依然还是秋天，树叶仍然发黄，如果说有什么不同的话，那就是落得比以前快了一点，因为现在是傍晚（准确地说，是七点二十三分），起风了（确切地说，是从西南方向吹来的）。但尽管如此，还是有一些奇怪的因素在起作用：

> 我的心像只欢唱的鸟儿，
>
> 在湿润的嫩枝上筑巢；
>
> 我的心像棵苹果树，
>
> 茂盛的果实压弯了枝条……

也许克里斯蒂娜·罗塞蒂的诗篇在一定程度

上要为这种愚蠢的幻想负责，当然，这绝对是幻想：丁香的花朵在花园的墙壁上摇曳着，硫黄色的蝴蝶飞来飞去，空气中弥漫着花粉。风呼呼地吹着，至于是从哪个方向吹来的，我不得而知，但嫩叶随风扬起，亮晶晶的银灰色闪动着。此时正值黄昏，色彩变得更加浓烈，窗玻璃上映衬的紫色和金色像激动的心在跳动。出于某种原因，世界的美丽显露出来，但很快就会消失（我推开花园门走了进去，门开着，周围不见校官，这实在很不明智）。转瞬即逝的世界之美有两面刃口，一面是欢笑，一面是痛苦，把人的心割得粉碎。

在春日的暮色中，费纳姆的花园展现在我面前，荒凉而开阔，水仙花和风信子散落在长长的草地上，随意地晃动着，在最好的时候也不整齐，此刻，在风的吹拂下，它们在摇曳着，根部也在晃动。建筑的窗户似乎处在大片红砖组成的波浪中，像船只的窗户一样成弯曲形状，在疾驰而过的春日云层下，从柠檬色变成了银色。有人躺在吊床上，还有人快步跑过草地，但在这种光线下，草地上的人身形模糊，更像是幽灵，只能猜测那是个人。难道没人阻止她，不让她过去吗？这时，阳台上出现了一个佝偻的身影，仿佛要出来呼吸一下空气，欣赏一下花园，她的额头很大，衣服破旧，令人敬畏而又谦卑。难道她就是那位著名的学者J.H.？一切都是朦胧的，但也很强烈，仿佛暮色给花园披上的围巾被星星或利剑割破了，仿佛某种可怕的现实从春天的中心迸发出来，扯出了一道口子。为了青春……

我的汤来了。大餐厅里，晚餐正一一端上。现在距离春天还很远，只是10月的一个傍晚。所有人聚集在大餐厅里。晚饭准备好了。汤来了，是普通的肉汁汤，清汤寡水，没什么值得大惊小怪。透过透明的液体，可以看到盘子上的图案。可惜盘子上没有任何图案，是纯色的。接着上来的是牛肉，搭配绿色蔬菜和土豆，这是家常菜里的老三样，让人联想到泥泞的市场上售卖的牛臀肉、边缘卷曲发黄的豆芽，以及周一早上拎着麻绳袋的女人讨价还价。没有理由抱怨人类的日常食物，毕竟供应充足已是恩赐，而煤矿工人坐下来能吃的东西无疑没这么丰富。接着是梅干蛋奶冻。如果有人抱怨说梅干是一种难以下咽的蔬菜（并不是水果），即便搭配蛋奶冻后有所缓和，依然像守财奴的心脏一样坚硬多筋，汁水就像守财奴的血管里流淌着的血液一样稀少，八十年来，这些守财奴一直不舍得喝酒，也不舍得穿温暖的衣物，连一分钱也不肯分给穷人，那么这个抱怨的人就应该想到，有些人则吝啬到甚至连梅干也不肯施舍一点。接着是饼干和奶酪，于是水罐开始在人们之间不停地传递。饼干本就发干，而现在吃的饼干更是干硬。这便是全部的菜式了。

吃完饭了。大家都把椅子往后挪，旋转门剧烈地前后摇晃着。很快，大厅里便没有了食物的痕迹，毫无疑问，已经准备好迎接第二天的早餐。在走廊里，在楼梯上，英格兰的年轻人迈着沉重的步伐，边走边唱。身为一个客人、一个陌生人（在费纳姆，我享受的权利不比在三一、萨默维尔、格顿、纽纳姆或克赖斯特彻奇等学院

116

大），是不是可以说"饭菜不好吃"，或者（我和玛丽·西顿在她的客厅里）"我们就不能单独在这儿吃饭吗"？如果我说了这样的话，那就是在窥探这所房子在经济状况上不为外人所知的秘密，而在陌生人看来，这所房子的外表是那么漂亮，充满了欢乐和勇气。不，谁也不能说这种话。的确，谈话一度中断了。人既然是这样——心、身、脑都是混在一起的，而不是处在独立的隔间，再过一百万年无疑也将如此，因此，谈话能否愉快地进行，一顿丰盛的晚餐是非常重要的。吃不好，人就无法好好思考、好好去爱、好好休息。脊柱上的光不会照亮牛肉和梅干。我们可能会去天堂，我们希望在下一个转角遇到范·戴克。一天工作结束后，牛肉和梅干下肚，便会滋生出这种可疑而又合理的心态。

幸运的是，我的那位教科学的朋友有一个壁橱，里面放着一个矮酒瓶和几个小玻璃杯（不过应该有比目鱼和鹧鸪），这样我们就可以凑近炉火，修补一下白天的生活造成的损伤。过了一分钟左右，我们便自如地畅游在各种新奇有趣的事物之间，这些事物是在某个人不在的时候在我们的脑海里形成的，等到我们再次见面，自然会拿出来讨论。比如，为什么某个人结婚了，而另一个人却没有；为什么一个人的想法是这样，另一个人的想法却是那样；为什么一个人满腹经纶而有所进步，另一个人却走向了无尽的堕落。谈着谈着，我们便猜测起了人性和我们所生活的这个奇妙世界的性质，谈话起了这样的头，自然会有这个走向。然而，就在谈这些事的时候，我羞愧地意识到，一股思潮自发形成，并把一切推向了它自己的终点。我可以谈论西班牙或葡萄牙，谈论书籍或赛马，但无论谈论的是什么，我真正感兴趣的都不是这些东西，而是五个世纪前泥瓦匠站在高耸屋顶上的情景。国王和贵族们把财宝装在大袋子里，倒在地下。这一幕经常在我的脑海里生动地浮现出来，与另一幅画面并列在一起：瘦牛、泥泞的市场、枯萎的青菜和老人们坚硬多筋的心。虽然这两个画面互不相干，也不连贯，不具有任何意义，却永远交织在一起，相互争斗，使我完全听凭它们的摆布。除非整个谈话都被歪曲，最好的办法就是把我脑子里的想法暴露在空气中，如果运气好的话，它就会褪色和消失，就像在温莎，棺材一打开，死去国王的头骨化为齑粉一样。

然后，我简单地给西顿小姐讲了自己的想法：多年来，泥瓦匠一直在小礼拜堂屋顶上工作，还有那些国王、王后和贵族，他们扛来一袋袋金银，把它们铲进土里。接着，我们这个时代的金融巨头们出现了，把支票和债券放在想来就是前人放置金块的地方。这一切都埋藏在学院的下方，我这样说。但是，现在我们所在的这所大学，在华丽的红砖大楼和花园里凌乱的野草下面隐藏着什么呢？我们用餐时用的朴素瓷器，还有（我来不及阻止，就脱口而出）牛肉、蛋奶冻和梅干的背后蕴藏着怎样的力量？

玛丽·西顿说，1860年前后，学院用的房间都是租来的。她说，我很清楚这个故事，要是再重复，我觉得会很无聊。委员会召开了会议。信封上写好了地址。通告起草完毕。会议举行了。来信当众宣读。某某许诺捐赠多少钱，而另一位先生却一毛不拔。《星期六评论》出言不逊。怎样才能筹到钱来支付办公费用？要不要举办义卖会？要不要找个漂亮姑娘坐在前排？让我们看看约翰·斯图尔特·米尔①在这个问题上是怎么说的。有人能说服某某报刊的编辑刊登一封求助信吗？能不能让某某女士签名背书？可惜这位女士出城了。大概六十年前，人们就是这样做的。他们付出了巨大的努力，用掉了大量的时间。经过长时间的斗争，克服了极大的困难，才凑到了三万英镑②。所以很明显，我们不能有酒、鹧鸪

---

① 约翰·斯图尔特·米尔（John Stuart Mill，1806—1873）：英国哲学家、经济学家和政治家。

② "我们得知至少需要三万英镑。考虑到大不列颠、爱尔兰和各殖民地只有一所这样的学院，考虑到为男校筹集巨额资金是多么容易，这笔数目其实并不大。但考虑到很少有人真正希望女性接受教育，这笔钱又像是一笔天文数字。"出自斯蒂芬夫人所著《埃米莉·戴维斯和格顿学院》（*Emily Davis and Girton College*）。——原书注

和头上顶着锡盘子的仆人，她如是说。我们不能有沙发和单独的房间。"便利设施只能等以后了。"[1]她引用某本书里的话说道。

一想到妇女们年复一年地辛苦工作，却连两千英镑都攒不下，为创办学院，她们想尽了办法才凑到三万英镑，我们就对女性的贫穷难掩轻蔑，认为这应受到谴责。我们的母亲都做过什么，怎么一分钱都没给我们留下？给鼻子扑粉？注视商店橱窗？在蒙特卡洛的阳光下炫耀？壁炉架上有几张照片。也许玛丽的母亲（如果那是她的照片的话）是个喜欢挥霍时间的人（她和一个教堂牧师生了十三个孩子)，但如果真是这样的话，她那快活而放荡的生活在她脸上留下的快乐痕迹却太少了。她是个相貌平平的女人，上了年纪，披着一条格子花呢披肩，用一颗很大的浮雕宝石别着。她坐在一把柳条椅上，哄着一只西班牙猎犬看镜头，脸上带着一种愉悦而又紧张的表

---

[1] 原句"能凑到的每一分钱都被用来盖校舍了，便利设施只能等以后了。"出自R.斯特雷奇所著《事业》（*The Cause*）。——原书注

情，像是确信只要按下快门，那条狗立即就会跑掉。如果她从商，成为人造丝制造商或证券交易所的大亨，如果她给费纳姆留下二三十万英镑，今晚我们就可以舒舒服服地坐着，谈论考古学、植物学、人类学、物理学、原子的性质、数学、天文学、相对论和地理学了。要是西顿夫人、她的母亲和她母亲的母亲像她们的父辈和祖辈那样，学会了赚钱的伟大艺术，将遗产捐赠，设立女性奖学金、讲座基金、奖项，我们就可以在这里独自享用美味的烤鹧鸪和美酒了。

我们本可以带着实际的信心，期待得到一份有大笔资助的职业，度过愉快而光荣的一生。那样我们就可以一直探索或写作，徜徉在地球上庄严的地方，坐在帕台农神庙的台阶上沉思默想，或者十点钟去办公室上班，四点半舒服地回家写点诗。只是，如果西顿夫人和与她相似的女人在十五岁时就开始经商，就不会有玛丽了，而这是争论的症结所在。我问玛丽对此有何感想？从窗帘之间的缝隙可以看到10月的夜晚，宁静美丽，树叶泛黄，树梢上方缀着一两颗星星。只为了让费纳姆得到五万英镑左右的财产，她是不是愿意放弃她那一份夜景，放弃在苏格兰（他们是一个幸福的大家庭）游戏玩乐的回忆？毕竟她总是不厌其烦地称赞苏格兰空气清新，蛋糕美味可口。因为要资助一所大学，就必须缩减家庭的开支。既要赚钱，又要生十三个孩子，没有人能同时做到这两点。我们说，考虑一下事实吧。首先，要怀胎十月，婴儿才能出生。孩子出生后，还要用三四个月的时间喂养婴儿。等到婴儿断奶可以吃饭，肯定还要花五年陪婴儿一起玩耍，总不能任由孩子们在街上乱跑。有人在俄国见过孩子们满街胡跑，说这不是什么令人愉快的景象。人们还说，人性在一到五岁之间形成。

我说，如果西顿夫人一直在赚钱，你对苏格兰的游戏玩乐会有什么样的记忆呢？你会对苏格兰有什么了解，还会知道那里空气清新、蛋糕美味吗？但是问这些问题是没有用的，因为你根本就不会存在。此外，如果西顿夫人和她的母亲以及她母亲的母亲积累了大量财富，并为大学和图书馆的建立奠定了基础，那将会发生什么？问这个问题也同样没有意义。因为，首先，对她们来说，挣钱是不可能的；其次，即使她们能挣钱，法律也剥夺了她们拥有自己挣来的钱的权利。西顿夫人能拥有自己的一点钱，也是最近四十八年的事。在那之前的几个世纪里，这一直是她丈夫的财产，也许正是这种想法使西顿夫人和她的母亲及她母亲的母亲远离了证券交易所。她们可能会说，我挣的每一分钱都要被拿走，按照我丈夫的想法来处置，也许是在贝列尔学院或国王学院设立奖学金，这样，即使我能挣钱，挣钱也不是我非常感兴趣的事。最好还是把这件事留给我丈夫去做吧。

无论如何，不管责任是否在那位看西班牙猎犬的老太太身上，毫无疑问，我们的母亲们出于某种原因，把自己的事情处理得非常糟糕。因此，她们不曾留下一分钱可用于"便利设施"。没钱买鹧鸪和美酒，没钱雇用校官，没钱铺草皮，没钱买书籍和雪茄，没钱建造图书馆和休闲设施。在光秃秃的土地上竖起光秃秃的墙已然是她们所能做到的最大极限了。

于是我们站在窗前交谈，就像每天晚上成千上万的人一样，俯视着脚下这座著名城市的圆顶和高塔。在秋天的月光下，城市美轮美奂，弥漫着神秘的氛围。古老的石头看起来是那么洁白，令人肃然起敬。我想到，天下的典籍书册全都汇聚在那里，古代主教和显贵的画像挂在镶板房间里，染色窗玻璃在人行道上投下千奇百怪的球状和月牙状的图案；我想到了碑匾和铭文、喷泉和草地、安静的四方院周围的安静房间；此外（请原谅我这么想），我还想到了上好的烟草和爽口的佳酿，想到了深深的扶手椅和舒服的地毯，想到了奢华、隐私和空间所带来的雅致、舒适和尊严。当然，我们的母亲没有给我们提供过可与这一切相比的东西，我们的母亲很难凑齐三万英镑，我们的母亲只给圣安德鲁斯的牧师生了十三个孩子。

我返回客栈，走在黑暗的街道上，我的思绪纷繁复杂，人在结束一天的工作时便是如此。我琢磨着西顿夫人为什么没钱留给我们、贫穷对人的思想有什么影响、财富又对人的思想有什么影响。我想起了那天早上我看见的那些上了年纪又很古怪的绅士，他们的肩上披着皮草。我还记得，只要有人吹口哨，他们当中就会有人跑开。我想起了小礼拜堂里风琴声低沉洪亮，图书馆大门紧闭。我想到了被拒之门外是多么令人不快，而被关在里面或许感觉更糟。我想到了一个性别可以安享成功与财富，另一个性别却只能深陷贫困，过着动荡的生活。我想到了传统和缺乏传统对作家思想的影响。于是我终于明白，是时候把一天的皱皮卷起，连同所有的争论、印象、愤怒和笑声通通扔进树篱里了。

夜空幽蓝，成千上万颗星星闪烁着光泽。在一个神秘莫测的世界里，我是如此形单影只。所有人都躺下睡着了，有的俯卧着，还有的平躺着，全都一言不发。牛桥的街道上连个人影都没有。就连旅馆的门也是在一只无形之手的触摸下才突然打开，更没有擦靴的仆役坐起来，打着灯为我照亮，送我回房间睡觉，毕竟夜已深沉。

二

请注意，现在场景变了。树叶还在飘落，但这里是伦敦，不是牛桥。我必须请你们想象一个房间像成千上万的房间一样，有一扇窗户，窗外是路人的帽子、大蓬货车和汽车，街对面则是其他房间的窗户。在这个房间里，桌上放着一张白纸，上面写着几个大字：女性与小说。不幸的是，在牛桥吃完午餐和晚餐之后，去一趟大英博物馆可谓在所难免。我必须从所有这些印象中剔除个人的和偶然的元素，才能得出纯粹的液体，得到真理的精油。那次牛桥之旅以及午餐和晚餐引发了一大堆问题。为什么男人喝酒，女人却只能喝水？为什么一种性别可以发展壮大，另一种性别却只能在贫乏中挣扎？贫穷对小说有什么影响？艺术创作需要什么条件？一千个问题一股脑儿涌上心头。但我需要的是答案，而不是问题。想要答案，只能请教那些有学富五车却不存偏见的人，他们早已超脱了口舌之争、身体之乱，并将他们的推理和研究结果编纂成书，而这些书就收藏在大英博物馆中。拿起笔记本和铅笔问自己，如果在大英博物馆的书架上都找不到真理，那我该去哪里才能找到真理？

于是，我满怀着信心和好奇，出发去追寻真理。那天并未下雨，但是天气阴沉，博物馆附近的街道上到处是地下煤库敞开的口子，一袋袋煤块像雨点一样倒了进去。四轮出租马车驶来，把用绳子捆起来的箱子卸在人行道上，里面八成装着某个瑞士或意大利家庭的全部家当，他们或是想来发财，或是避难至此，或是追寻其他一些他们想要的商品，而在冬天的布鲁姆斯伯里的寄宿公寓里，似乎就可以找到这些东西。那些通常声音很沙哑的人用手推车推着植物在街上叫卖。有些扯着嗓子喊叫，有些则在吟唱。伦敦就像车间里的一台机器。

我们都是在素白的底布上被推向前或扯向后，以织出某种图案。大英博物馆是工厂的另一个部门。

旋转门打开了，我来到巨大的圆顶下方，那圆顶如同光秃秃的大脑门，而我只是脑袋里的一个思想，而那脑门上缀着一串串著名的名字，蔚为壮观。我走到柜台前，拿起借阅卡，打开目录，这里就要用五个点分别表示五分钟的错愕、惊奇和困惑。你知道一年中有多少关于女性的书问世？你知道其中有多少出自男性之手？你有没有意识到，你可能是宇宙中被讨论最多的动物？我带着一个笔记本和一支铅笔来到这里，计划花一个上午阅读，满心以为上午一过，就能把真相转移到笔记本上。但我想，我既要成为一群大象，也要成为一大群蜘蛛，才能应付这一切。我迫切需要成为那些公认最长寿、眼睛最多的动物，才能把这些书看完。我需要钢铁般坚硬的爪子和黄铜一样凌厉的喙，才能穿透外壳去寻获真理。我怎样才能在这一大堆纸里找到真理呢？我这么问自己。

绝望之下，我的目光开始在长长的书名列表

上来回移动。就连书的名字都让我深思。性别及其本质可能吸引医生和生物学家，但令人惊讶和难以解释的事实是：性别，也就是女性，也能吸引讨人喜欢的散文家、手指灵巧的小说家和拿了硕士学位的年轻男子，没有获得学位的男人以及除了不是女人外没有其他明显资格的男人。表面上看，其中有些书很是轻浮滑稽，但也有许多书很严肃，有预言性，符合道德标准，而且有劝诫性。光是读这些书名，就使人联想到无数的教师和牧师走上讲台和布道坛，滔滔不绝地讲话，所用的时间远远超过这样的话题所应花费的时间。这是一种非常奇怪的现象，而且显然这只局限于男性。此时，我已经查到了首字母为M的书名。女人不写关于男人的书，这一事实让我不禁松了口气，因为如果我先读了男人写女人的所有作品，再读女人写男人的所有作品，那么在我动笔之前，百年才开一次花的芦荟就会开两次了。于是，我随意挑选了十二本书，并把我的借阅卡放在铁丝托盘里，然后便老实待在隔间里，和其他寻求者一起等待真理精油的到来。

那么，是什么原因导致了这种奇怪的差异呢？我一边思忖这个问题，一边在英国纳税人出于其他目的而提供的卡片上画上轮子。从这个目录来看，为什么男人对女人的兴趣要比女人对男人的兴趣大得多？这似乎是一件非常奇怪的事，我的脑海里浮现出那些花时间描写女人的男人过着怎样的生活，他们是年老的还是年轻的、已婚的还是未婚的，是不是鼻子发红、弯腰驼背？不管怎么说，感觉自己成为这样被关注的对象，只要给予关注的人不是残废和体弱多病，这就像一种恭维。所以我沉思着，直到工作人员将一大堆书滑到我面前的桌上，我才结束了所有这些愚蠢轻浮的想法。现在麻烦来了。在牛桥接受过研究调查训练的学生无疑会有一些方法，他们就像牧羊人，使自己的问题不受任何干扰，直到答案出现，就像赶羊跑进羊圈一样。例如，我身边的那个学生正在勤勉地抄一本科学手册，我敢肯定，他每隔十分钟左右就能提炼出最纯粹的精华。他满意的咕哝声说明了很多。

但不幸的是，对没受过大学训练的人而言，问题不会被引导到围栏里，它就像受惊的羊群被一群猎犬追赶，到处乱跑。教授、教师、社会学家、牧师、小说家、散文家、记者，除了不是女人外没有任何资格的男人，都在追逐我那个简单的问题："为什么有些女人很穷？"最后，它变成了五十个问题，而那五十个问题疯狂地跳进河里被水卷走了。我笔记本上的每一页都写满了记录。为了表示我当时的心境，我会给你们读几篇，而且，在此说明一下，那一页的标题很简单，就是《**女性与贫穷**》，是用大写字母写的，但接下来的内容是这样的：

中世纪的状况

斐济群岛的习惯

被奉为女神崇拜

道德意识更为孱弱

理想主义

更认真负责

南海岛民，青春期的年龄

吸引力

作为祭品供奉给

大脑很小

更深刻的潜意识

身上的毛发较少

心理、道德和身体上都低人一等

孩子们的爱

寿命更长

肌肉力量较为屏弱

感情的力量

虚荣

高等教育

莎士比亚的观点

伯肯赫德勋爵的观点

英奇教长的观点

拉·布鲁耶尔的观点

约翰逊博士的观点

奥斯卡·勃朗宁先生的观点……

我吸了口气，并在空白处补充了一句：为什么塞缪尔·巴特勒说"聪明的男人从不说他们对女人的看法"？显然，聪明的男人除了女人，从不说别的。我靠在椅背上，看着巨大的圆顶，我只是其中一缕此时已有些疲惫的思绪而已，不幸的是，聪明的男人对女人的看法从来都不一样。

蒲柏是这样说的：大多数女人都毫无个性。

拉布吕耶尔的看法是：女人常走极端，有的比男人好，有的不如男人……

这两个人是同一时代的人，观察都很敏锐，得出的观点却截然相反。她们是否有能力接受教育？拿破仑认为不能。约翰逊博士的想法正好相反。[①]她们有没有灵魂？一些野蛮人说她们没有。另一些人则相反，认为女人有一半是神，因

---

① "'男人知道自己不是女人的对手，因此选择最弱或最无知的女人。如果他们不这样想，他们就永远不会害怕那些知道得和他们一样多的女人了。'……在随后的一次谈话中，他告诉我，他说的话是认真的，这是对性别的公正，但我认为坦率地承认这一点是正确的。"出自博斯韦尔所著《赫布里底群岛旅游日志》（*The Journal of a Tour to the Hebrides*）——原书注

此崇拜她们。[①]一些智者认为她们的大脑较为浅薄，其他人则认为她们的意识更为深沉。歌德尊敬她们，墨索里尼鄙视她们。无论我看哪里，都会发现男人对女人的看法不尽相同。我断定，这一切根本不可能弄懂，我羡慕地瞥了一眼隔壁正在看书的人，他正在做最简洁的摘要，标题往往是A、B或C。而我自己的笔记本上却充斥着最疯狂、最自相矛盾的涂鸦记录。这叫人痛苦和困惑，也深感羞辱。真相从我的指间溜走了，一丝都没有留下。

我想，我不可能就这样讪讪回家。作为对女性与小说研究的一项严肃贡献，我补充道，女性身上的毛发比男性少，南海岛民的青春期是从九岁（还是九十岁？）开始，结果我的字迹写得乱七八糟，变得难以辨认了。忙活了整整一上午，却没有什么更有分量或更体面的结论可以展示，这实在丢脸。要是我连过去的女性都不了解（为

---

① "古代德国人相信女人身上有某种神圣的东西，因此把她们的指示当作神谕。"出自弗雷泽所著《金枝》（*Golden Bough*）——原书注

了简洁起见，我称呼她们为W），那我凭什么为未来的女性操心呢？去请教那些专门研究妇女及其对政治、子女、工资、道德等方面的影响的先生们似乎纯粹在浪费时间，尽管他们人数众多，学识渊博。对他们写的书，我最好看都不要看。

我精神萎靡，心情绝望，然而，沉思之际，我竟不知不觉地在我应该像旁边那个人快速写出结论的笔记本上画了一幅画。我画的是一张脸，是一个人，是冯·X教授，我画的是他的脸和身体，他正在写他的不朽著作《女性在精神、道德和身体上的劣势》。在我的画中，他不是一个对女人有吸引力的男人。他身材魁梧，下巴很大，似乎是为了平衡一些，他长了一对很小的眼睛，脸颊通红。他的表情表明，某种情绪正驱使他奋笔疾书，笔头戳在纸上，仿佛他要弄死一只毒虫，但即使虫子早已死在了他的手下也不能使他满意，他必须将虫子大卸八块，才能一泄心头之恨。可饶是如此，让他恼羞成怒的原因仍在。会是他的妻子吗？我看着自己的画，问道。她是不是爱上了一个骑兵军官？那个骑兵军官身材颀长，优雅得体，穿着羔皮外套？用弗洛伊德的理论来说，教授小时候是否曾被漂亮姑娘嘲笑过？即使是小时候，想来这位教授也不讨人喜欢。不管是什么原因，在我的素描中，教授在写他那本伟大的著作中论述女性在精神、道德和身体上低人一等时，不仅非常愤怒，还面目可憎。

一上午无用功，最后我只能画一幅画来打发空闲时间。然而，正是在懒散中，在白日迷梦中，有时湮灭的真相才会浮出水面。一项非常基本的心理学方法（倒也不必说这是精神分析，从而显得很高级）告诉我，一看我的笔记本，我就知道愤怒的教授是画画人带着怒气画出来的。愤怒在我流连于白日梦的时候抢走了我的铅笔。但愤怒做了什么呢？兴趣、困惑、愉悦、无聊……在整个上午，所有这些情绪一个接一个地出现，我能找到并说出它们的名字。难道愤怒这条黑蛇一直潜伏在它们中间？是的，愤怒一直在潜伏，素描画这么说。它让我明白无误地想到了那本书与那句话，正是它唤醒了恶魔：教授说女性在精神上、道德上和身体上都低人一等。我的心怦怦直跳。我的脸颊烧得滚烫。我气得满脸通红。不管这话多么愚蠢，其实也没有什么特别值得注意的。没有人喜欢听别人说自己天生不如一个小个子男人，就好像我旁边的那个学生，我瞥他一眼，只见他呼吸粗重，系着一条简便的领带，像是有两个星期没有刮过胡子了。虽然愚不可及，可人难免有虚荣心。这是人的本性，我心想。

我开始在愤怒的教授脸上画上车轮和圆圈，直到他看起来像燃烧的灌木和彗星，总之就是把他涂鸦成了幽灵，失去了人的外表和意义。此时，教授什么也不是，只不过是汉普斯特荒原上燃烧的一捆柴。我自己的愤怒得到了解释，不久也平息了，但好奇心仍在。如何解释教授们的愤怒？他们为什么生气？在分析这些书给人留下的印象时，总能发现一种激烈的因素。这种激烈有多种形式，表现为讽刺、伤感、好奇和谴责。但还有另一种因素经常出现，只是无法立即识别，我称之为愤怒。愤怒潜到了地下，与其他各种情绪混合在一起。从其奇特的效果来看，愤怒经过了伪装，变得十分复杂，而且并非摆在明面上，一眼就能看穿。

我打量着桌上那堆书，心想，不管出于什么原因，它们对我来说都毫无价值。也就是说，从科学的角度来说，它们一无是处，虽然从人性的角度来说，它们充满了教益，有些内容趣味横生，有些内容又乏味至极，还记录了斐济岛民种种奇怪至极的习惯。它们是在纷杂情感的红光下写成的，而非成型于真理的白光。因此，必须把它们送回中央借阅台，进而让它们回到巨大蜂巢中属于它们的巢室。我从一个上午的辛劳中得到的只有一个事实，那就是愤怒。教授们（我把他们归为一类）很生气。可是为什么呢？还完书后，我这么问自己。为什么？我站在满是鸽子和史前独木舟的柱廊下，又问了一遍。他们有什么可愤怒的？我一边溜达着找地方吃午饭，一边问自己这个问题。现在我所说的他们的愤怒的本质是什么？我问。

　　我来到大英博物馆附近的一家小餐馆，在菜上来之前，这个问题已经萦绕不去。之前有个吃午饭的人把午休版晚报落在了椅子上，我一边等上菜，一边漫不经心地看起了标题。一个由非常大的字母组成的标题如同缎带横跨在这一页上：**有人在南非发了大财**。还有小缎带一般的标题宣布奥斯汀·张伯伦爵士在日内瓦；有人在一个地窖里发现了一把带有人类毛发的切肉刀；法官先生在离婚法庭上痛斥妇女的无耻。报纸上充斥着其他种种新闻：一名电影女演员从加利福尼亚的一座山峰上降下来，悬在半空中；天气将会有雾。我想，来这颗星球的访客哪怕只是匆匆过境，只要拿起这张纸，也能从这些零星的证据中看出英国是处于父权统治之下的。凡是有正常思维的人，都能觉察到教授的支配地位。他们拥有权力、金钱，有着无上的影响力。他们是这家报纸的老板，是编辑和副编辑；他们是外交大臣，也是大法官；他们是板球运动员，拥有赛马和游艇；他们是公司董事，能让股东的投资翻一番；他们把数百万美元的遗产留给了慈善机构和大学，而慈善机构和大学本就听命于他们的管理；他们把电影女演员吊在半空中；切肉刀上的毛发是否属于人类由他们来判断；他们宣判凶手无罪，将其释放，或定他有罪，将他吊死；除了不能控制天气是否有雾之外，一切都掌握在他们的手中。然而，他们依然愤怒。

据我判断，他们生气的原因在于读到他们所写的关于女性的文章时，我想到的不是他们所写的内容，而是他们本身。假如一个论述者冷静地论述，他心中所思所想只有他的论点，读者也会不由自主地想到这个论点。如果他不带感情色彩地写女人，用无可争辩的证据来证明他的论点，没有表现出一丝希望结果是这样而不是那样的迹象，我也不会生气。我会接受事实，就像接受豌豆是绿色或淡黄色一样。那就这样吧，我会这么说。但我生气是因为他生气。然而，我一边翻着报纸，一边想，一个拥有这么大权力的男人竟然会生气，实在是荒谬。我纳闷儿，难道愤怒是妖灵，总是附着在权力之上？富人经常生气，因为他们怀疑穷人想要夺取他们的财富。教授们，或者更准确地说是大家长们，他们的愤怒在一定程度上是出于这个原因，但还有一个表面上不那么明显的原因。也许他们根本就没有"生气"。的确，在私人生活关系方面，他们常常令人钦佩，他们为人忠诚，堪称楷模。也许当教授有点过于强调女性的劣势时，他关心的不是她们低人一等，而是他自己高人一等。对他来说，这种优越感恰似一颗珍贵的宝石，所以他才会这么保护它，即便会显得鲁莽，也要大大地强调一番。生活对男女两性来说都是艰苦的，堪称一场永恒的斗争。我看着他们在外面的人行道上挤出一条道来，这需要巨大的勇气和力量。而对于像我们这样喜欢幻想的生物，也许最重要的是对自己有信心。没有自信，我们无异于摇篮里的婴儿。我们怎样才能以最快的速度创造出这种难以猜透、价值又不可估量的品质？方法就是认为别人不如自己，认为自己有天生的优越感，比如财富、地位、笔挺的鼻子，或者罗姆尼[①]给祖父画的画像……可悲可叹，人类的想象力竟如此无穷无尽。因此，感到有许多人——实际上是人类的一半——天生就不如自己，对于一个必须征服、必须统治的大家长来说是非常重要的。这一定是他们力量的主要来源之一。

我心想，让我把这一观察结果应用到现实生活中去吧。它是否有助于解释我在日常生活中注意到的一些心理上的困扰？这是否解释得清那天让我惊讶的事？最仁慈、最谦虚的男人Z拿起丽贝卡·韦斯特[②]的一本书，读了其中的一段，便惊呼道："声名狼藉的女权主义者！她居然说男人都是势利小人！"这句惊叹的话让我错愕不已——韦斯特小姐不过是对异性发表了一番评论，虽然难听了点，却是实话实说，怎么就成了

---

① 即乔治·罗姆尼（George Romney，1734—1802），英国肖像画大师。

② 丽贝卡·韦斯特（Rebecca West，1892—1983）：英国作家、记者、文学评论家及游记作家。

一个声名狼藉的女权主义者？这不仅仅是出于虚荣心受伤而爆发的呐喊，这是他认为自己所拥有的权力受到了侵犯，因而大声抗议。

几个世纪以来，女人就像一面镜子，拥有一种神奇而美妙的力量，可以把男人的身材放大一倍。如果没有这种力量，地球可能仍然是沼泽和丛林。所有战争的荣耀将无人知晓。我们应该还在用残余的羊骨头画鹿的轮廓、用燧石换羊皮或任何符合我们质朴品位的简单装饰品。超人和命运之指也永远不会存在了。沙皇和恺撒不会戴上王冠，也不会把王冠弄丢。无论"镜子"在文明社会中有什么用途，它们对所有暴力和英雄行为都是必不可少的。因此，拿破仑和墨索里尼才会如此强调妇女的劣等性，如果她们不低人一等，就不能用她们来"放大"男人了。这在一定程度上解释了为什么男人往往少不了女人。这也解释了为什么受到女人的批评时，他们才会如此焦躁不安，要是她对他们说这本书写得不好、那幅画有失水准，或者诸如此类的话，那么比起男性所做的批评，一定会引起男人更为强烈的痛苦和愤怒。她们若开始说真话，镜子照出的男人的身影就会缩小，那么他们对生活的适应能力也将随之下降。如果他不能在早餐和晚餐时，看到自己加倍膨胀的身材，他怎么能继续做出判决、教化民智、制定法律、著书立说，又怎能盛装打扮，在宴会上高谈阔论呢？

我这样思考着，同时碾碎手里的面包，搅拌着咖啡，还时不时地看一眼街上的行人。镜中影像至为重要，它能激发人的活力，能刺激神经系统。没有了它，男人就活不成了，就像瘾君子再也得不到毒品一样。我望着窗外，心想，人行道上一半的人都是在这种错觉的蛊惑下，大步走去上班的。早晨，在宜人的阳光下，他们戴上帽子，穿上外套，他们满怀信心、精神饱满地开始了新的一天，认为自己会是史密斯小姐①茶会上的宠儿。走进房间时，他们自言自语地说：我比这里一半的人都优越。正因如此，他们说话时才

① 史密斯小姐：指女性教师或未婚女性。

那么自信，这种自信在公共生活中产生了如此深远的影响，并在个人心灵的边缘产生了如此奇妙的重要性。

但现在我必须支付账单，只能停止对异性心理学这门危险而又迷人的学科做贡献（当你自己一年有五百英镑的收入时，我希望你会去研究这门学科）。一共是五先令九便士。我给了服务员一张十先令的钞票，他去给我找零。我的钱包里还有一张十先令的钞票。我之所以提到这件事，是因为我的钱包居然能凭空变出十先令纸币来，这能力至今仍令我惊叹不已。我打开钱包，钞票就在那里。社会给我鸡肉、咖啡、床铺和住处，作为交换，从我这里拿走一些纸币，而这些钱是姑妈留给我的，她这么做仅仅因为我和她同名。

在这里必须说明一下，我的姑妈玛丽·比顿是在孟买骑马去呼吸新鲜空时从马上摔下来去世的。一天晚上，我得知自己继承了一笔遗产，也是在那个时候，赋予妇女投票权的法案通过了。一封律师函件送到了我的邮筒，我打开信，发现她留给我每年五百英镑，直至我身亡。在选票和金钱中，我承认，金钱似乎重要得多。在此之前，我的谋生手段是给报纸打零工，写一写这里的驴子表演，或者那里的婚礼。我也为人代写书信赚钱，此外还给老太太读书、做假花、在幼儿园教小孩子识字。1918年以前，妇女能做的工作大抵如此。恐怕我不必详细描述这些工作有多艰苦，因为也许你认识做这些工作的妇女，我也不必细讲靠此赚钱来养活自己有多难，因为你很可能早已尝过其中的辛酸。但是，那些日子在我心中滋生的恐惧和痛苦的毒害至今仍使我感到比这两种折磨更严重。首先，总是要做自己不愿意做的工作，像奴隶一样去苦干，还要巴结奉承，也许不一定每次都得如此，却不能冒险不做，毕竟结果叫人难以承受。我想到自己身具天赋，虽然这种天赋没有惊世之力，对所有者而言却很珍贵，将其埋没可谓与死无异。连同我的自我、灵魂一起，这天赋正在逐渐消失。这一切就像锈病侵蚀了春天的花朵，从内向外把树木摧毁殆尽。

然而，正如我所说的，我的姑妈去世了，每当我换开一张十先令的钞票，锈菌和锈蚀就会被擦掉一点，恐惧和痛苦也会消失。

我把找回来的银币塞进钱包，心想，如今记起那些日子的酸涩，就知道一笔固定的收入能让性情产生多大的变化，这简直不可思议。世界上没有任何力量能夺走我的五百英镑。食物、房子和衣服永远属于我。因此，我不必再辛苦劳作，心里的仇恨和痛苦也不见了。我不需要憎恨任何男人，他们伤害不了我。我也不需要奉承任何男人，他们没有什么可以给我的。所以不知不觉中，我发现自己对另一半人采取了一种全新的态度。把任何阶级或性别一概而论，并加以指责，都很荒谬。数量众多的群体无论做什么都不必负责。他们受不由他们控制的本能驱使。大家长们、教授们，他们也有无尽的困难要面对，也有可怕的缺点要对抗。他们所受的教育在某些方面和我所受的教育一样有缺陷。这在他们身上也造成了同样严重的缺点。诚然，他们有钱有势，但代价是在他们的胸中藏着一只贪得无厌的秃鹫，时时刻刻在撕扯他们的肝脏，啄食他们的肺叶。这便是占有的本能，是疯狂的获得欲，驱使他们永远渴望占有别人的土地和财物，扩大疆界，挥动旗帜，制造战舰和毒气，献出他们自己和子女的生命。走过海军拱门（我已经走到那座纪念碑跟前了），走过任何一条到处是战利品和大炮的大道，我就会回想起曾在这些地方举办的光荣庆典。或者在春日的阳光下，看着股票经纪人和大律师走进室内，赚很多很多的钱。而事实上，一年五百英镑就能让我在阳光下活下去。我想，这些都是令人不快的本能，是由各种生活条件孕育出来的；我想，这就是缺乏文明的结果。

我看着剑桥公爵的雕像，尤其他三角帽上的羽毛，而我的目光所蕴含的意味是它们以前从未见过的。当我意识到男性具有这些缺点时，恐惧和痛苦逐渐转化为怜悯和宽容。再过一两年，怜悯和宽容消失了，我获得了彻底的解脱，可以自由地思考事物本身。比如，我喜不喜欢那栋楼？

那张照片美不美？在我看来，那本书是好是坏？的确，姑妈的遗产为我揭开了覆住天空的遮挡物，弥尔顿建议我永远崇拜的高大而威严的绅士形象消失了，开阔的天空进入了我的视线。

我找路返回我在河边的家，一路上思考着、猜测着。灯点上了，从早晨起，伦敦发生了一种难以形容的变化，就好像那台巨大的机器在我们的帮助下劳动了一整天，编织出了几码令人兴奋的美丽之物，那是一块火红的布，闪烁着红眼睛，也是一个黄褐色的怪物，咆哮着，喷着炽热的鼻息。就连风也像旗帜一样，猛吹房屋，把围板吹得哗啦响。

然而，在我住的那条小街上弥漫着家庭生活的氛围。房屋油漆工正在下梯子，保姆正小心翼翼地推着摇篮车进屋，不久又出来给孩子吃幼儿茶餐，运煤工正在把空袋子叠在一起，经营蔬菜水果店的女人戴着红色连指手套正在计算当天的收入。但我全神贯注地思考着你们放在我肩头的问题，以至于一看到这些平常的景象，就会把

150

它们指向一个中心。我想，比起一个世纪前，现在要判断这些工作中哪一项更重要、更有必要竟然困难得多。是做运煤工好，还是做保姆好？难道一个养育了八个孩子的打杂女工对世界的价值比不上一个挣了十万英镑的大律师？问这样的问题是没有用的，没人能回答。不仅打杂女工和律师的比较价值随着年代的变化而起起落落，即便是现在也没有衡量的标准。之前，我居然还要求教授在他关于女性的论述中提供"无可争辩的证据"，这实在是愚蠢。即使有人能说出任何天赋的价值，这些价值也一直在变，而且过了一个世纪，很可能已经沧海桑田，不复当初了。

走到家门口，我想，一百年后，女性将不再是受保护的性别。从逻辑上讲，所有曾经将她们拒之门外的活动和劳动都将对她们取消限制。保姆会去运煤，女店员会去开火车。所有基于女性是受保护性别这一事实而建立起的假设都将随风飘散，例如（这时有一队士兵走过街道），人们认为妇女、牧师和园丁的寿命比其他人要长。

除去这种保护，让女人从事同样的劳动和活动，去参军，去做水手、火车司机和码头工人，难道女人不会比男人死得早、死得快吗？那么人们就会说"我今天看见了一个女人"，就像以前说起"我看见了一架飞机"。只要女人不再受保护，什么事都可能发生，我一边打开门，一边这么想道。但这一切与我的论文《女性与小说》有什么关系？我走进屋里，这么问自己。

三

晚上我回到家，却没有带回重要的结论和可信的现实，真是令人失望。女人比男人穷，原因有很多。也许现在最好放弃对真理的追求，放弃接受各种思想如雪崩一般向我涌来，像熔岩一样炽热，像洗碗水一样模糊不清。最好把窗帘拉上，隔绝干扰，最好点上灯，缩小调查范围，并请记录事实而不是观点的历史学家描述一下妇女的生活环境，不必把所有时代都了解一番，只问问英国伊丽莎白时代女性的生活即可。

这其中蕴藏着一个永恒的谜题：在那个时代，男人写了那么多诗歌或十四行诗，为什么不曾有女人创作出非凡的文学作品。彼时，妇女过着怎样的生活？我这么问自己。小说是充满想象力的作品，这与科学不一样，不会像鹅卵石一样掉在地上。小说如同一张蜘蛛网，虽然连接处不结实，但边边角角始终与生活紧密相连。这种联系往往难以察觉。例如，莎士比亚的戏剧看似完全独立地挂在那里，但是，当这张网被拉歪，边缘被钩住，中间被撕破时，人们就会想起这张网不是由无形的生物在半空中编织的，而是受苦受难的人类创作出来的，与有形之物紧密联系在一起，比如健康、金钱和我们居住的房子。

因此，我走到放历史书的书架前，取下一本最新出版的作品，是特里维廉教授编纂的《英国史》。我再次查找"女性"词条，找到"女性的地位"，翻到指定的页面。我读道："打老婆是男人公认的权利，无论上流社会还是下层社会，男人都可以对妻子动粗，而且不必有任何羞愧之心……无独有偶，"这位历史学家继续写道，"女儿若不肯听从父母的命令，嫁给他们为她选择的男人，便会被关起来，遭受虐打，公众舆论也不把这当回事。婚姻不是建立在感情的基础上，只是为了满足家庭的贪欲，尤其是在'对女士彬彬有礼'的上层阶级……往往一方或双方还在襁褓，婚事便已说定，人刚过了脱离保姆照顾的年纪，就要步入婚姻。"1470年前后，乔叟时代刚过不久，便是这样的环境。关于女性的地位，再次提及已是大约两百年后的斯图亚特王朝时期。上层和中产阶级的妇女依然很少可以选择嫁给自己喜欢的人，一旦父母为她们安排了丈夫，这个男人就成了她的主人，掌握着她的命运，至少就法律和习俗而言便是如此。"即便如此，"特里维廉教授得出了结论，"无论是莎士比亚笔下的女人，还是17世纪真实的回忆录里的女人，比如凡尼家和哈钦森家的回忆录，似乎都不缺乏个性。"

当然，只要我们仔细想想，就能发现克利奥帕特拉很有手段，麦克白夫人有她自己的意志，罗莎琳德是个迷人的女孩。特里维廉教授说莎翁笔下的女性似乎并不缺乏个性和品格，事实确实如此。如果不是历史学家，人们甚至可以更进一步说，自古以来，在所有诗人的作品中，女人就像灯塔一样燃烧着：剧作家创作出的有克吕泰涅斯特拉、安提戈涅、克利奥帕特拉、麦克白夫人、菲德雷、克雷西达、罗莎琳德、苔丝狄蒙娜、马尔菲公爵夫人，散文作家创作出的有米拉曼特、克拉丽莎、贝基·夏普、安娜·卡列尼娜、艾玛·包法利、德·盖尔芒特夫人。这些名字涌入脑海，不会让人认为女性"缺乏个性和性格"。

的确，假如女人只存在于男人写的小说中，在别的地方并不存在，人们会把她们想象成极其重要的人物：千差万别，英勇又刻薄，出色又卑鄙，无限美丽，却又极端丑恶，和男人一样伟大，有些人甚至认为她们更为伟大。①但这是小说中的女人，在事实当中，正如特里维廉教授指出的那样，她们只会被关起来，遭受毒打，在房间里被拖来拖去。

一个非常奇怪而又复杂的存在就这样出现了。在想象中，她们是最重要的，实际上却微不足道。在每一首诗歌中都能找到她们的情影，在历史上却不见她们的身影。在小说中，国王和征

---

① "在雅典娜的城市里，女性是女奴，要做苦工，遭受着压迫，但舞台上却出现了克吕泰涅斯特拉、卡珊德拉、阿托萨、安提戈涅、菲德雷和美狄亚等人物，厌恶女性的欧里庇德斯也创造了一部又一部让女主人公成为主宰的戏剧：这仍然是一个几乎无法解释的奇怪事实。在现实生活中，体面的女人不能独自上街，而在舞台上，女人却与男人平起平坐，甚至超过男人：这个世界的矛盾之处从来没有得到令人满意的解释。在现代悲剧中也存在着同样的情况。无论如何，只要粗略地浏览一下莎士比亚的作品（韦伯斯特的作品也是如此，马洛和琼森的作品则不同），就足以揭示，从罗莎琳德到麦克白夫人，女性的这种主导地位和主动性是如何持续存在的。拉辛也是如此，他的六部悲剧都以女主角的名字命名。他笔下有哪些男性角色，可以抗衡赫尔迈厄尼和安德洛玛克、贝蕾妮丝和罗克珊、菲德雷和阿塔莉？还有易卜生。面对索尔维格和诺拉，赫达和希尔达·旺格尔，以及丽贝卡·韦斯特，他有哪些男性角色可以比肩？"出自F.L.卢卡斯所著的《论悲剧》（*Tragedy*）——原书注

156

服者的人生都由她们主宰，但事实上，一旦父母把婚戒强戴在她们的手上，她们就沦为了丈夫的奴隶。在文学作品中，一些最启发人心的箴言、一些最深刻的思想都是从她们的嘴里说出来的，但在现实生活中，她们几乎大字不识，只是丈夫的财产而已。

先读历史学家的作品，再读诗人的作品，就会混合出一个奇异的怪物，这个怪物明明是一条蠕虫，却长着鹰的翅膀。就像一个生动美丽的灵魂，却只能在厨房里剁板油。但不管这些怪物在想象中多么有趣，实际上是不存在的。要使这个怪物活起来，就必须同时从诗意和散文两个方面进行思考，这样才能与事实保持联系。譬如说，她就是马丁夫人，三十六岁，穿一身蓝衣服，戴一顶黑帽子，脚穿棕色鞋子，但也不能忽视虚构的元素，她如同一个容器，各种各样的精神和力量在里面不停地奔流，闪烁着华光。然而，当人们在伊丽莎白时代的女人身上尝试这种方法的时候，由于缺乏事实，便无法获得启示了。人们对她们一点也不了解，并不掌握真实可靠的细节。历史很少提到她们。于是我又转向特里维廉教授，想看看历史对他意味着什么。看过了他的章节标题，我发现他眼里的历史是"庄园庭院与露天农业方法……西多会教徒和牧羊人……十字军东征……大学……下议院……百年战争……玫瑰战争……文艺复兴时期的学者……修道院解散……土地和宗教冲突……英国海权的起源……西班牙无敌舰队……"等。这中间偶尔会出现一个女性，比如叫伊丽莎白或玛丽的女王或贵妇人。但是，除了头脑和性格一无所有的中产阶级妇女无论如何不可能参加任何一次伟大的运动，而正是这些运动加在一起，构成了历史学家对历史的理解。我们也找不到有关她们的奇闻逸事。奥布里①很少提到她们。她们从不记录自己的生活，也很少写日记，她们存世的信件少之又少。她们没有留下任何剧本或诗歌供我们对她们做出

① 即约翰·奥布里（John Aubrey, 1626—1697），英国博物学家、作家，代表作品有《名人小传》（*Brief Lives*）等。

评价。想来我想要的是大量信息，为什么纽纳姆或格顿的聪明学生就不能提供这些信息呢？她们在多大的年纪结婚？通常有几个孩子？她们的家是什么样的？她们有自己的房间吗？饭菜是她们做吗？她们有没有仆人？所有这些事实大概都存在于教区的登记簿和账簿中。伊丽莎白时代普通妇女的生活一定散落在什么地方，一定有人能把它们收集起来编纂成书。

我一边在书架上寻找那些并不存在的书，一边想，若是建议著名学院的学生重写历史，这未免太大胆了，超出了我的想象，不过我还是要承认，现在的历史往往显得有些古怪、不真实、有失偏颇。但是，他们为什么不给历史加上补编章节呢？当然了，要选一个不显眼的章节名称，这样一来，妇女就不会显得格格不入了。在伟人的生平中，人们常常能瞥见女性的身影，但她们转眼就会隐没在背景之中。有时我想，她们将自己的眨眼、笑声，也许还有一滴眼泪，通通隐藏了起来。毕竟我们已经看够了简·奥斯汀的生平，也没必要再去思索乔安娜·贝利所写的悲剧对埃德加·爱伦·坡诗歌的影响。至于我自己，我不介意玛丽·拉塞尔·米特福德的住所和常去的场所至少在一个世纪内不对公众开放。

然而，当我又翻遍书架时，可悲地发现，人们对18世纪以前的妇女一无所知。我搜肠刮肚也想不出一个典型的例子。我想问的是为什么伊丽莎白时代的女性不写诗，我也不确定她们的受教育程度如何。她们是否识字？有没有自己的起居室？有多少女性在二十一岁前就生育了子女？简而言之，我想知道的是，她们从早上八点到晚上八点都在做什么。显然她们没有钱。根据特里维廉教授的说法，不管她们自己是否愿意，都必须在十五六岁，尚未大到可以离开儿童房的年纪嫁人。依我之见，在这样的情况下，要是她们当中有人突然像莎士比亚那样写出了旷世巨作，就太奇怪了。念及此，我想到了一位老先生，现在他已经去世了，但我想他是一位主教，他曾声称，无论是过去、现在还是将来，女人都不可能具有莎士比亚那般的非凡天赋，他还将这番言论撰写成文章发表在报纸上。他还告诉一位向他请教的女士，猫实际上不了天堂，随即补充说哪怕猫有灵魂也不行。为了拯救一个人，那些老先生真是费尽心思啊！他们一走近，无知的边界便连连后退！猫上不了天堂，女人也不能像莎士比亚那样写出旷世巨作。

尽管如此，当我看着书架上的莎士比亚的作品时，不禁想到，主教至少在这一点上是对的——在莎士比亚的时代，任何一个女人都不可能写出莎士比亚所写的那些戏剧。由于事实不详，我只能想象，如果莎士比亚有一个天赋异禀的妹妹，名叫朱迪思，会发生什么呢？莎士比亚本人很可能上过文法学校，毕竟他的母亲继承了大笔遗产，他在学校里可能学会了拉丁文，读过奥维德、维吉尔和贺拉斯①，也学过语法和逻辑的基本知识。大家都知道，他是一个野小子，打过兔子，也许还猎过鹿，小小年纪就成了亲。妻

① 皆为古罗马诗人。

子是他的邻居，还没到生孩子的年纪，就早早地给他生了一个孩子。这一番胡作非为后，他便去了伦敦，希望能在那里发迹。他对戏剧情有独钟。起初，他在舞台门口给客人牵马。很快，他就在剧院里找到了一份工作，一跃成为成功的演员，住在宇宙的中心，与各种各样的人结交，在舞台上表现他的艺术，在街上施展他的智慧，甚至应召前往宫殿觐见女王。

让我们假设，与此同时，他那极具天赋的妹妹只能困于家中的一隅之地。她和他一样爱冒险，一样富有想象力，一样渴望闯荡世界。但是，家人并未送她去上学。她没有机会学习语法和逻辑，更不用说读贺拉斯和维吉尔了。她偶尔拿起一本也许是哥哥的书读读，可是她的父母来了，不是吩咐她补袜子，就是让她专心看好炖菜，不要光顾着看书浪费时间。他们的话很刺耳，但语气还算和善，因为他们都是心地纯良的人，很清楚女人的命运是怎么样的。他们爱自己的女儿，事实上，她很可能是父亲的掌上明珠。

也许她偷偷地在存放苹果的阁楼上写过几页文字，却只能小心藏起来，或是付之一炬。然而，不久后，在她十几岁的时候，她就被许配给了附近一个裁缝的儿子。她大声哭诉，说自己不想嫁人，却换来了父亲的一顿毒打。在这之后，他倒是不再责骂她了，反而求她不要伤害他，不要在嫁人这件事上让他丢人现眼。他双眼噙着泪水，保证会送给她一串念珠或一条漂亮的衬裙。她怎么能违抗他呢？她怎么能伤他的心呢？但她的天赋自有一股力量，驱使她这么做。一个夏天的晚上，她收拾了一小包细软，抓着一根绳子爬下楼，走上了前往伦敦的路。她还不到十七岁。鸟儿在树篱里唱歌，那歌声并不比她的歌声动听。她脑筋转得快，想象力丰富，和哥哥一样天生精于遣词作韵。和他一样，她也对戏剧情有独钟。她站在舞台门口，说自己很想演戏。男人们当面嘲笑她。身材肥胖、多嘴多舌的男经理哈哈大笑起来，他咆哮着说什么女人会演戏，狮子狗也会跳舞了。他说，没有女人能当演员。他还做了一番暗示，你们可以想象他暗示了什么。他暗示，她根本不可能培养自己的演技。她能去小酒馆里吃晚餐，能三更半夜在街上闲逛吗？然而，她有创作小说的天赋，渴望观察男男女女的生活，研究他们的生活方式，从中获得丰富的素材。由于她很年轻，长相与诗人莎士比亚极为相似，有着同样的灰色眼睛和弯弯的眉毛，因此，演员兼经理尼克·格林对她产生了怜悯之心。后来，她发现自己怀上了那位绅士的孩子。当一颗诗人的灵心被困于一个女人的身体里，互相纠缠，谁又能预料到这颗心会如此炽热和狂暴？于是在一个冬天的夜晚，她自杀了，尸身被埋在一个十字路口，就是现在象堡外的公共汽车停靠点。

如果莎士比亚时代的女人有莎士比亚那样的天才，想来故事大概就会这样发展。但就我而言，我同意那位已故主教的观点，如果他真是位主教的话，在莎士比亚的时代，任何一个女人都不可能拥有莎士比亚的天赋。因为像莎士比亚这样的天才不可能诞生于没受过教育、终日只能做苦工、只懂逆来顺受的阶层之中，不会诞生于英格兰的撒克逊人和不列颠人中间，也不会诞生于当今的工人阶级中间。根据特里维廉教授的说法，在父母的强迫下，在法律和习俗的一切力量的约束下，妇女尚未成年便被迫揽起各种活计，那么在她们之中，又怎么会诞生这样一位天才呢？然而，妇女中一定有天才，工人阶级中也一定有天才。艾米莉·勃朗特或罗伯特·伯恩斯这样的人不时横空出世便是证明。但毫无疑问，这样的事从不曾在历史上有过文字记录。不过，每当我从书里看到女巫被按入水中淹死，女人被魔鬼附体，女巫卖草药，甚至一个地位显赫的男人的母亲，我都觉得能在背后找到一位郁郁不得志的小说家、一个遭到打压的诗人、一个沉默和身份不能曝光的简·奥斯汀，以及在沼泽地上撞破了头、在大路上扮怪相、被自己的天赋折磨得疯疯癫癫的艾米莉·勃朗特。我敢猜测，世上有这么多无名氏创作出来的诗作，其中大都出自女人之手。我想到，爱德华·菲茨杰拉德曾说过，是女人创作了民谣和民歌，有时轻声唱出来哄孩子，有时唱着纺纱，打发漫漫的冬日长夜。

事实可能是这样，也可能不是，谁知道呢。但是，当我回顾自己编造的莎士比亚妹妹的故事，我想这个故事的真实之处在于任何一个出生在16世纪且具有非凡天赋的女人肯定会发疯，要么举枪自尽，要么到村外找个偏僻的小屋度过余生，人们会当她们是女巫，害怕她们，却也嘲笑她们。不需要多少心理学的技巧就可以断定，一个极具天赋的女性想要利用自己的诗歌天赋，一定会受到阻挠，被自己惊世骇俗的本能所折磨和撕裂，将健康和理智通通失去。没有一个女性可以走到伦敦的舞台门口，强行来到演员经理的面前，而不使自己遭受暴力，承受荒谬无理却也是不可避免的痛苦，毕竟贞操是社会出于某些不明原因而发明的一种迷信。无论在当时还是现在，贞操在女人的生活中都具有重要的宗教意义。贞操被神经和本能紧紧地包裹着，要把它解放出来暴露在光天化日之下，需要极大的勇气。

女诗人和女剧作家若想在16世纪的伦敦过上自由的生活，就意味着要承受紧张的压力，深陷困境不能自拔，还很可能送掉性命。即便她们能侥幸保住一条命，她们所写的东西也会扭曲变形，建筑在紧张和病态的想象中。看到架子上并没有女人所写的剧本，我想，毫无疑问，即便她们创作出了作品，也不能署名。她们一定是在用这样的办法保护自己。由于贞操观念余毒颇深，直到19世纪，女性还不能把自己的真名写在作品上。柯勒·贝尔、乔治·艾略特、乔治·桑都是内心斗争的受害者，正如她们的作品所证明的那样，她们都给自己起了男性名字来掩盖身份，可惜效果并不尽如人意。她们屈从传统，觉得女性在大众面前露面是粗鄙不堪的行为，而这种传统即便不是由男性灌输的，也是他们大加追捧的（古雅典政治家伯利克里就说过，一个女人最大的荣耀就是不被人谈起，尽管他自己倒是个经常被人谈起的男人）。她们到哪里都不会透露姓名，这样的做法已经深入骨髓。隐藏身份的愿望依然支配着她们的行动。即使是现在，她们也不像男人那样关心自己的名声好不好，一般来说，她们走过墓碑或路标，并不会像阿尔夫、伯特或查斯那样遵从本能，压抑不住不可抗拒的愿望，想在上面刻上自己的名字。这些人看见漂亮的女人走过，甚至一条狗经过，肯定会喃喃地说"这条狗是我的"。当然，对象可能不是狗，我想起了国会广场、围攻巷和其他大街，他们看到一块土地，或者一个长着黑色卷发的男人，也会做出同样的行为。做女人的一大好处就是，即使遇到一个非常漂亮的黑人女子，也不必非要把她培养成英国人。

那么，天生具有诗歌天赋的女人出生在16世纪，可谓极其不幸，内心也在不断挣扎。生活的一切条件、自身的一切本能都在压制她们，让她们不能按照自己的心态去释放头脑中所有的东西。然而，什么样的心态最有利于创作？我问。能否弄清楚是什么样的心境促成了创作这种奇怪的行为？于是我打开了莎士比亚悲剧集。莎士比亚在创作《李尔王》和《安东尼与克利奥帕特拉》时的心境是怎样的？这种心境无疑是有史以来最有利于诗歌创作的。但莎士比亚本人对此只字未提。我们只是偶然得知，他"从不曾做过修改"。也许直到18世纪，艺术家本人才开始真正谈论自己的心境。起头的可能是卢梭。无论如何，到了18世纪，人的自我意识得到了长足的发展，文人在自白和自传中讲述自己的心境已经成为一种习惯。他们的生平被记录下来，在他们去世后，他们的信件也被印刷出版。因此，虽然我们不知道莎士比亚写《李尔王》时在想什么，但我们知道卡莱尔写《法国大革命》时的心路历程、福楼拜写《包法利夫人》时的心中所想，以及当济慈试图用写诗的方法来对抗即将到来的死亡和冷漠的世界时，有什么念头闪过他的脑海。

从大量关于自白和自我剖析的现代文学作品中，我们可以看出，要创造出一部天才的作品，可谓难如登天。一切似乎都在设置障碍，不让完整的作品从作家的脑海里涌现出来。一般情况下，物质条件对此不利。狗叫个不停，有人打断思路，还必须赚钱谋生，健康也可能垮掉。此外，这个世界还那么冷漠，让本就存在的难关更是雪上加霜，变得更为难以忍受。世界并不会要求人们写诗、小说和历史，这些东西对它没有用处。它不关心福楼拜是否找到了恰当的词语，也不关心卡莱尔是否一丝不苟地证实了各种事实。当然，它不会为自己不想要的东西而予以回报。因此，济慈、福楼拜、卡莱尔等作家，尤其在富有创造力的青年时期，遭受着各种打击，受到了各种干扰。一声声咒骂，一声声痛苦的呼喊，从那些分析和自白的书中响起。"伟大的诗人在苦难中死去"，这是他们在烦恼中的歌唱。作家若能克服这一切并进行创作，实在堪称奇迹。也许在问世的所有书籍中，没有一本能与最初的构思一模一样。

看着空空的书架，我想，女人要面对更大的困难。首先，要有一间自己的房间是不可能的，更不用说这个房间还要安静或隔音了，除非她们的父母非富即贵，即使在19世纪初，情况也好不到哪里去。她们能不能拿到零花钱，全靠父亲大发善心，况且这些零花钱只够她们吃饱穿暖。而且，她们得不到济慈、丁尼生或卡莱尔这些贫穷的男性所能得到的救济，不能徒步旅行，不能到法国游玩几日，不能租住单间，而哪怕单间环境恶劣，却能免受家人的索取和欺压。这些物质上的困难如同难以跨越的天堑，但无形的难题更为可怕。面对世界的冷漠，济慈、福楼拜和其他男性天才都应接不暇，而若换作女人，面对的将不是冷漠，而是敌意。世界对男人说的是：你愿意写就写吧，反正对我来说没什么区别。而对女人，世界只会狂笑着说："写作？你写作能有什么好处？"

念及此，我又看了看书架的空白空间，想到纽纳姆学院和格顿学院的心理学家可能对我们有所帮助。当然，现在是时候衡量挫折与打击对艺术家心灵的影响了。我见过一家乳品公司测量普通牛奶和一等牛奶对老鼠身体的影响。他们把两只老鼠并排放在两个笼子里，其中一只很小，畏畏缩缩，胆子也很小；另一只很大，皮毛光滑，胆子也大。"那么，我们为女性艺术家提供了什么样的给养？"我这么问道，接着我想起了那顿梅干和蛋奶冻晚餐。要回答这个问题，我只要打开晚报，读一读伯肯赫德勋爵的看法即可，不过我实在懒得抄下伯肯赫德勋爵对女性写作的看法。至于英奇教长说了什么，我就不提了。也许哈利街①的专家可以用他的咆哮唤起哈利街的回声，但这连我的一根头发都吹不乱。然而，我要引用奥斯卡·勃朗宁先生的话，因为他曾经是剑桥的一位大人物，格顿和纽纳姆的学生都由他来考核。奥斯卡·勃朗宁先生宣称，他看完任何一套试卷后，脑子里留下的印象是，无论他给多少分，在智力上，即便是最出色的女人也总不如最差劲的男人。勃朗宁先生说完这些话，就回自己的房间里去了，正是因为这件事的结果，他才深受喜爱，显得高大威严。他回到自己的房间，

---

① 哈利街（Harley Street）：伦敦的一条街道，以有很多诊所而闻名。

发现一个马童躺在沙发上。"他形容枯槁，两颊凹陷而灰黄，牙齿发黑，四肢似乎并不灵活……'是亚瑟。'"勃朗宁先生说道，"他真的是一个可爱的孩子，而且非常高尚。"在我看来，这两个画面总是相辅相成的。令人高兴的是，在这个流行传记的时代，这两个画面常常相互补充，因此，我们既可以看伟人的言论，也可以观察他们的行为，借此来解释他们的观点。

不过，虽然现在这成为可能，但这样的意见从大人物的口中说出来，即使在五十年前也一定事关重大。让我们假设一位父亲出于最高尚的动机，不希望女儿离开家去当作家、画家或学者。"看看奥斯卡·勃朗宁先生是怎么说的。"他这么说道，而且这么说的不只是奥斯卡·勃朗宁先生，还有《星期六评论》和格里格先生。"女人存在的基本要素，就是要得到男人的供养，并为男人服务。"格里格先生如此强调。这种男权主义的观点还有很多，说这些话的男人并不指望女人有出众的才智。即使做父亲的不把这种言论大声说出来，女儿也能自己看到。即使是在19世纪，读到这些言论，也一定会削弱她们的活力和热情，对她们的作品产生深刻影响。你不能做这个，你不能做那个……总有人做出这样的断言，这就需要女人去抗议、去克服。也许对小说家来说，这种病菌不再有太大影响，毕竟这世上依然存在一些优秀的女小说家。但对画家来说，这还是会造成轻微的刺痛。我想，对音乐家来说，这种病菌还很强大，有剧毒。女作曲家就跟莎士比亚时代的女演员差不多，同样地位低下。我想起了我编的关于莎士比亚妹妹的故事，接着想到尼克·格林说过，看到女人表演，就让他想起了狗在跳舞。两百年后，约翰逊用同样的言论评价女性传道。我打开一本关于音乐的书，发现在1928年，人们还是用这样的话评价作曲的女性。"关于杰曼·泰勒费雷小姐，我们只能重复约翰逊博士对女传教士的经典评价，只把女传教士换成女作曲家即可。'先生，女人作曲，就像狗用后腿走路一样。虽然走得歪歪扭扭，但终归还是走了起来。'"①历史总是一再重演。

因此，我合上了奥斯卡·勃朗宁先生的生平，也不再理会其他传记，我得出的结论是：很明显，即使在19世纪，也没人鼓励女人成为艺术家。相反，她们遭受冷落和怠慢，人们只会斥责和训诫她们。她们必须反对这个，反驳那个，这一定使她们精神紧张，疲惫不堪。说到这里，话题又回到了男权情节这个非常有趣而又晦涩难懂的话题上。这对妇女运动产生了深远影响，也是一种根深蒂固的欲望，并不强调女人低人一等，而是强调男人高人一等。因此，无论我朝什么地方看，都能看到怀揣这种欲望的男人，他们不光挡在艺术面前，还挡住了女人从政的道路，但其实女性不会给他们造成什么威胁，女人甚至会对他们苦苦哀求，十分卑微，真诚而忠实。我记得，即使是对政治充满热情的贝斯伯勒夫人，也必须卑躬屈膝，给格

① 出自塞西尔·格雷所著《当代音乐概述》（*A Survey of Contemporary Music*）。——原书注

兰维尔·莱韦森–高尔勋爵写信："……我热衷政治，也经常谈论这个话题，尽管如此，我还是完全同意你的观点——女人只能发表自己的意见（前提是有人问她），不该插手政治或其他任何重大事件。"接下来，她把自己的热情投入一个极为重要的话题上，在这一点上没有任何障碍，那就是格兰维尔勋爵在下议院的首次演讲。我想，这景象一定很奇怪。男性反对女性解放的历史可能比女性解放的故事本身更有趣。如果格顿或纽纳姆的某个年轻学生能收集事例，并推断理论，也许就能写出一本趣味横生的书籍，但她需要戴上厚厚的手套，并用纯金的栏杆来保护自己。

暂且不说贝斯伯勒夫人。我想，有些事现在看来有趣，在过去则是非常严肃。我可以向你保证，现在有人把一些观点出版成书，还贴上"胡言乱语"的标签，在夏夜供特定的读者阅读，但曾经，这些观点会让人潸然泪下。在你们的祖母和曾祖母中，有许多人哭得热泪盈眶。弗洛伦斯·南丁格尔痛苦地尖叫起来。[1]你们上了大学，享受着自己的起居室（或者卧室兼起居室？），大可以说天才应该无视这些意见，天才应该不在乎别人对自己的议论。不幸的是，恰恰是身具天赋的男男女女最在意别人对自己的评价。想一想济慈吧，想象他墓碑上所刻的墓志铭。再想想丁尼生。想来不需要我举出更多例子，就能证明一个虽然极为不幸却也是不可否认的事实：艺术家的本性就是过分在意别人对自己的评价。在文坛中，有很多人都对别人的意见在意到了离谱的程度。

我想，他们如此敏感，只会让自己更为不幸，说到这里，又回到了我最初的问题上：什么样的心境最有利于创作？艺术家若要实现巨大的成就，将自己的作品完完整整地呈现出来，心境必须像莎士比亚的精神一样炽烈，我望着展开的《安东尼与克利奥帕特拉》，心中如此思忖。这

① 出自弗洛伦斯·南丁格尔所著《卡桑德拉》（*Cassandra*），刊载于《事业》。——原书注

种心态必定排除了所有障碍，也没有任何无法消耗掉的异物。

我们说自己对莎士比亚的心境一无所知，但就在我们这么说的时候，也是在谈论莎士比亚的心境。与多恩、本·琼森或弥尔顿相比，我们对莎士比亚所知甚少，或许原因在于他并不曾将自己的怨恨、恶意和反感暴露在我们面前。任何介绍这位大作家的"启示"都不能叫我们满意。所有的欲望，比如抗议、说教、控诉、报复，比如让世人见证某种苦难或委屈，都在他的内心燃烧殆尽了。因此，诗歌才能从他的身体里自由地流出，不受任何桎梏。如果说有谁能把自己的作品表达得淋漓尽致，那么非莎士比亚莫属。我再次转向书架，心想，如果有谁的心境炽热无阻，那一定是莎士比亚了。

四

16世纪，显然不可能找到有这种心境的女

人。只要想想伊丽莎白时代的墓碑，幼童们双手合十跪着，很多女人都过早地死去，再看看她们黑暗而逼仄的房子，就能明白，那时的女人不可能写诗。人们只能抱着期待，过很长一段时间，也许会有某个贵妇人利用自己相对自由和舒适的条件，冒着被人当成怪物的危险，用自己的真名发表作品。男人当然不是势利小人，我小心翼翼地想着，以免被视为丽贝卡·韦斯特小姐那样的"声名狼藉的女权主义者"，但他们看到一位伯爵夫人写诗，便深表同情。比起当时不知名的奥斯汀小姐或勃朗特小姐，人们会期望看到一位有头衔的女士受到更大鼓励。但人们也会期望发现她的思想受到外来情绪的干扰，如恐惧和仇恨，而她的诗也显示出了这种干扰的痕迹。比如温奇尔西夫人[①]所写的诗。她出生于1661年，出身高贵，夫家也是显贵，并未生育子女。她喜欢写诗，只要打开她的诗，就会发现她不满女性的地

---

① 温奇尔西夫人（Lady Winchilsea, 1661—1720）：本名Anne Finch，英国女诗人。

位，心中的愤怒喷涌而出：

> 我们堕落至深！被错误的规则所迷惑，
>
> 教育消除了天生的愚昧；
>
> 思想上的一切进步都被剥夺，
>
> 日益迟钝，受制于人；
>
> 如果有人想展翅翱翔，
>
> 想象力高涨，野心勃勃，
>
> 反对的力量仍然存在，且强大无比，
>
> 热切的希望永远无法战胜恐惧。

显然，她的心境并没有"消除所有的障碍，变得热情洋溢"。相反，她被仇恨和不满所困扰，心烦意乱。对她来说，人类被分成了两派。男人是"对立的一方"，不仅可恨，还很可怕，因为他们有能力阻止她去做自己想做的事——写作。

> 唉！一个女人挥笔创作，
>
> 却成为世人眼中的放肆之人，

美德再胜，亦无法弥补这个过错。

　　　　他们告诉我们，

我们对自己的性别和地位认识不清；

良好的教养、时尚、舞蹈、打扮、游玩，

　　　才是我们应该渴望的成就；

　　写作、阅读、思考、探究，

会遮蔽我们的美丽，耗尽我们的时间，

　　搅扰了他人追求我们的青春。

　　沉闷地做着无趣的家务事，

便是我们最擅长的艺术和最大的用处。

　　事实上，她不得不设想自己写的东西永远不
会发表，以此来鼓励自己写作。她用悲伤的圣歌
安慰自己：

　　在几个友人面前，唱出忧伤的歌谣，

　　　你从来没有想要月桂树丛；

只要有阴暗的黑影，你就心满意足了。

然而，很明显，如果她能从仇恨和恐惧中解脱出来，不让心中充满痛苦和怨恨，她内心的火焰就会熊熊燃烧，偶尔会有纯粹的诗歌诞生：

> 丝线已褪色，
> 　织就不出独一无二的玫瑰。

这些诗句得到了默里先生恰如其分的赞扬，而人们认为，蒲柏记住并引用了下面的诗句：

> 此时的黄水仙战胜了虚弱的头脑，
> 　我们在芬芳的痛苦下昏倒。

一个能写出那样文字的女人，其思想必然浑然天成，善于深思，却被迫只能在愤怒和痛苦中度日，真是太可惜了。但她怎么才能帮助自己？我如此问道。想想那些嘲笑吧，想想谄媚者的奉承、专业诗人的质疑。她一定是把自己关在乡下的房间里写作的，被痛苦和顾虑折磨得支离破碎，哪怕丈夫善良体贴，婚姻生活美满幸福。我之所以说"一定"，是因为当一个人去寻找有关温奇尔西夫人的事实时就会发现，如以往那般，人们对她几乎一无所知。她深受忧郁之苦，看到她在诗中讲述自己如何受到这种情绪的控制，便至少可以在一定程度上解释这一点：

我的诗句遭人诋毁，我的创作被人误解；
是百无一用的愚蠢，是妄想狂悖的错误。

据我所知，所谓遭受谴责的创作，不过是在田野里漫步和做做白日梦，根本对别人无害：

我的手喜欢发现不寻常，
偏离了已知的常规道路，
丝线已褪色，
织就不出独一无二的玫瑰。

如果这是她的习惯和乐趣，那自然只会受

到嘲笑。据说蒲柏或盖伊讽刺她是"喜欢胡写的女才子"。还有人认为她嘲笑盖伊，这才得罪了他。她说他的《琐事》表明"他更适合抬轿子，而不是坐在轿子上"。不过，默里先生说，这些都是"值得怀疑的流言，乏味无聊"。但在这一点上，我不同意他的看法，反倒希望多听听这种可疑的流言蜚语，如此便可发现或拼凑出这位忧郁女士的形象。她喜欢在田野里游荡，思考不寻常的事，如此轻率、如此不明智地蔑视"无趣的家务事"。但默里说她逐渐变得冗长难解。她的天赋已然杂草丛生，长满荆棘，再也没有机会展现出原本耀眼的光彩。

于是，我把她的书放回书架，转向另一位贵妇人，即兰姆深爱的公爵夫人，纽卡斯尔的玛格丽特①，她率真，喜欢幻想，她比温奇尔西夫人年长，但与她同一时代。这两个女人迥然不同，

---

① 即玛格丽特·卡文迪什（Margaret Cavendish，1623—1673），英国诗人、散文家、小说家，代表作品有《燃烧的世界》（*The Blazing World*）等。

但有一点是相同的，那就是她们都出身名门，膝下没有子女，丈夫都是很好的人。她们心里都激荡着同样的诗歌激情，而这份激情都因同样的原因而扭曲变形。打开公爵夫人的书，你会发现她同样愤怒："女人活得像蝙蝠或猫头鹰，像牲畜一样劳动，死得像虫子……"玛格丽特本来也可以成为诗人，在我们这个时代，她所做的事肯定会有所收获。在当今，有什么可以约束、驯服或教化这种野性、丰富、未经训练的智慧，供人类使用呢？这种智慧杂乱无章地倾泻而出，形成没有人读过的韵文、诗歌和哲学的洪流，凝结成一本本四开本和对开本。她应该把显微镜拿在手里。她应该学习如何观星、如何做科学推理。孤独和自由使她神智颠倒，没有人制止她，没人教她。教授们只会奉承她，而在宫廷里的人则嘲笑她。埃格顿·布里奇斯爵士抱怨她粗鲁："居然是一个自小在宫廷里长大的名门贵女所写。"就这样，她把自己关在了维尔贝克。

玛格丽特·卡文迪什的思想让我们体会到了

多么孤独和肆意驰骋的景象啊！好像巨大的黄瓜藤不停地生长，压住了花园里所有的玫瑰和康乃馨，将它们扼死。"思想最文明的女人才是最有教养的女人"——一个写出这种句子的女人却把时间浪费在胡言乱语上，陷入越来越深的晦涩和愚蠢之中，结果只要她下车，人们就挤在她的马车周围，这是多大的浪费啊。显然，这位疯狂的公爵夫人被当成了鬼怪，用来吓唬聪明的女孩。我把公爵夫人的书收起来，打开多萝西·奥斯本[1]的信，我想起多萝西在写给坦普尔的信中评论了公爵夫人的新书。"这个可怜的女人一定是失心疯了，不然她决不会如此荒唐，竟敢写书，还写诗。就算我两个星期不睡觉，也干不出这种事。"

因此，既然没有哪个深具理智、态度谦虚的女人会写书，那么敏感而忧郁、与公爵夫人脾性正好相反的多萝茜就什么也不写了。信件不算

---

[1] 多萝西·奥斯本（Dorothy Osborne，1627—1695）：英国贵族，出版有其和丈夫往来的书信集，后文中的坦普尔即她的丈夫威廉·坦普尔爵士。

数。一个女人可以一边照顾生病卧床的父亲，一边写信，还可以趁男人们高谈阔论的时候在火炉边写信，免得打扰到他们。奇怪的是，我一边翻着多萝茜的信一边想，这个没有受过教育、性格孤僻的姑娘，在构思句子和塑造情景方面是多么有天赋啊。接下来看看她是如何滔滔不绝地讲述的。

"晚饭后，我们坐下来谈了一会儿，后来谈到了B先生，我便走了。白天最热的时候，我或读书，或工作，每天六七点钟，我出门到附近的一块公有地上，那里有许多年轻的姑娘放羊、放牛，坐在树荫下哼唱歌谣。我去找她们，把她们的歌声和美貌与我读过的一些古代牧羊女做比较，发现了巨大的不同，但请相信我，她们是最天真无邪的。我和她们交谈，发现她们不想要任何东西，所以她们是这世上最幸福的人，只是她们自己对此浑然不觉。聊着聊着，她们常常四下张望，看到自己的牛正往角落里跑，然后她们就全都跑开了，好像脚跟上长了翅膀。我跑起来没那么敏捷，便落在后面，当我看到她们赶着牛回家时，我想自己也该离开了。吃过晚饭，我走进花园，来到流经花园的一条小河边坐下，心里盼着你就在身边……"

一看便知，她天生就有当作家的才能。但是，"就算我两个星期不睡觉，也干不出这种事"——即使是一个极具写作天赋的女人，也会让自己相信写书是可笑的行为，甚至会因此显得疯疯癫癫，那么女性在写作时所面对的阻力就可见一斑了。于是我把多萝西·奥斯本那本很薄的书信集放回原处，又拿出了贝恩夫人[①]的书。

贝恩夫人一出现，我们便在路上遇到了一个非常重要的转弯。我们把那些孤独而伟大的女士们留在身后，把她和她们那些对开本关在公园里，任由她们去写作，既没有读者，也没有批评，只为了自娱自乐。我们进城，走在街上，蹭到了普通人的肩膀。贝恩夫人出身中产阶级，为人幽默，活力四射，很有勇气，具备很多平民

---

① 即阿芙拉·贝恩（Aphra Behn, 1640—1689），英国剧作家、小说家、诗人，是第一个以写作为生的英国女性。

的美德。丈夫去世，她自己经历了一番不幸的冒险，后来形势所迫，她只能靠自己的智慧谋生。她必须在与男人同等的条件下工作。她努力创作，挣的钱足够养活自己。这一事实极为重要，甚至超过了她所写的东西，甚至超过了佳作《我进行的一千次殉道》或《梦幻胜利中的爱情》，因为女性从此拥有了自由的思想，或者更确切地说，随着时间的推移，她们可以随心所欲地写自己喜欢的东西。

既然阿芙拉·贝恩这样做了，姑娘们就可以对父母说：你们不用给我零用钱了，我可以用我的笔赚钱。当然，在以后的许多年里，答案都是：啊，要过阿芙拉·贝恩那样的生活！那还不如一死了之！砰的一声，门关得比以前更快了。男人重视女人的贞洁，他们的看法甚至对她们的教育产生了影响。这是一个非常有趣的话题，值得现在讨论一番。如果格顿或纽纳姆的学生愿意研究这个问题，也许可以写出一本有趣的书。达德利夫人戴满钻石，坐在苏格兰沼地，蚊蝇围着她嗡嗡飞：这样一幅画面可以作为卷头插画。达德利夫人去世当天，《泰晤士报》报道称，达德利勋爵"有教养，趣味高雅，成就不凡，仁慈而慷慨，但又异想天开，为人专横。他坚持要妻子穿得整整齐齐，即使是在高原地区最偏僻的猎屋里。他送过她很多华丽的珠宝……""他给了她一切，却从不让她负责任何事"。后来达德利勋爵中风了，她不仅照顾他，还管理他的领地，可见其才能甚为出众。哪怕是在19世纪，这种古怪的专制行为也依然存在。

话题还是回到贝恩夫人身上吧。阿芙拉·贝恩证明，也许牺牲了某些令人愉快的品质，就能通过写作来赚钱。于是，渐渐地，写作不再仅仅是愚蠢和心不在焉的表现，而是具有了实际意义。丈夫可能去世，家里可能发生灾难。随着18世纪的到来，成百上千的妇女为自己赚零花钱或养活家人，她们做翻译，写了无数低劣小说。虽然这些小说没有出现在教科书中，却能在查令十字路的廉价书摊上找到。18世纪后期，妇女们表现出了极其活跃的思想活动，她们谈话、聚会、写关于莎士比亚的文章、翻译经典，而这一切都建立在一个确凿的事实之上，即妇女可以通过写作赚钱。赚不到钱，女性写作便是愚蠢轻浮的行为，而有了金钱，女性写作便高贵了起来。大可以继续嘲笑她们是"喜欢胡写的才女"，但不可否认的是，她们的钱包里有了钱。因此，在18世纪末发生了一个变化，如果让我重写历史，我应该把这件事描述得更全面，认为它比十字军东征或玫瑰战争更重要。

中产阶级妇女开始写作。如果说《傲慢与偏见》《米德尔马契》《维莱特》和《呼啸山庄》有意义的话，那么，女性普遍开始写作就更重要了，远远不是我用一个小时的演讲就能证明的。因为写作不再局限于隐居乡野、在自己的对开本和献媚者的逢迎中孤芳自赏的贵妇们，而是走进了一般女性群体。没有这些先驱者，简·奥斯汀、勃朗特姐妹和乔治·艾略特就写不出作品，就像莎士比亚不能没有马洛、马洛不能没有乔叟，而乔叟不能没有那些被遗忘的诗人，正是这些诗人铺平了道路，驯服了天生狂野的语言。旷世杰作并不是单独产生的，它们是多年来共同思考的结果，是人类一起思考的结晶，所以单一的声音背后蕴藏着群众的经历。简·奥斯汀应该在范妮·伯尼的坟墓前献上花圈，乔治·艾略特应该向伊丽莎·卡特强有力的影子致敬，这位勇敢的老妇人在床架上系了一个铃铛，以便能早起学习希腊语。所有女人都应该一起在阿芙拉·贝恩的墓前献花，她葬在威斯敏斯特教堂，这一点令人愕然，却也恰如其分，因为是她为她们赢得了表达自己想法的权利。尽管她为人阴暗而多情，可正是因为她，今晚我才可以对你们说一句话，并且不会被当成异想天开：去靠你们的聪明才智，一年挣上五百英镑吧。

现在时间推移到了19世纪初。此时，我第一次发现有几个书架上全是女性的作品。但是，当我匆匆浏览这些书时，却不禁要问，为什么除了极少数例外，它们都是小说呢？起初，她们只是创作诗歌。"歌曲的最高领袖"是一位女诗人。在法国和英国，女性都是先写诗歌，才写小说的。我看着那四位著名女作家的名字，心想，乔治·艾略特与艾米莉·勃朗特有什么共同之处？夏洛特·勃朗特不是完全不能理解简·奥斯汀吗？她们都没有孩子，除了这个相同点，这四个格格不入的人根本不可能待在同一个房间里。不过，真想将她们约在一起聊一聊。然而，由于某种奇怪的力量，她们拿起笔，写出来的都是小说。我不禁问道，这与她们出身中产阶级有什么关系吗？还有一个事实是否与此有关：埃米莉·戴维斯小姐稍后用惊人的事实证明，19世纪初的中产阶级家庭只有一间起居室。女人要写作，就只能将就着在家人共用的起居室里写。而且，正如南丁格尔小姐激烈地抱怨的那样："女人连半个钟头属于自己的时间都没有……"总有这样那样的事打断她。

不过，写散文和小说比写诗歌或戏剧要容易得多，不需要那么集中精力。简·奥斯汀直到生命的尽头都是在这种状态下写作的。她的侄子在回忆录中写道："她竟然能做到这一切，确实不可思议。她没有单独的书房，大部分的工作必须在公共起居室里完成，因而不时就会受到干扰。她小心翼翼地不让仆人、客人或家人以外的任何人怀疑她的职业。"[①]简·奥斯汀要么把手稿藏起来，要么用吸墨纸盖住。再者，19世纪早期女性接受的所有文学训练都是观察性格和分析情感。几个世纪以来，她们的感受力一直在公共起居室接受熏陶。人们的感情给她们留下了深刻印象，人与人之间的关系总是摆在她们眼前。因此，当中产阶级妇女开始写作时，自然会选择小说，尽管很明显，这里提到的四位著名女作家中有两位并不是天生的小说家。艾米莉·勃朗特应该写诗剧。乔治·艾略特若能运用创作冲动写历史或传记，她博大的思想就能找到用武之地。然而，她们偏偏写了小说。我从书架上拿起《傲慢与偏见》，甚至可以说她们写

---

① 出自《简·奥斯汀传》（*A Memoir of Jane Austen*），作者是她的侄子詹姆斯·爱德华·奥斯汀-利。——原书注

的小说很精彩。在既不吹嘘，也不伤害另一个性别的情况下，人们可以说《傲慢与偏见》是一本经典佳作。无论如何，如果有人在写《傲慢与偏见》的时候被抓个正着，是不应该感到羞耻的。不过，简·奥斯汀应该很高兴家里门上的合页嘎吱响，这样在有人来的时候，她就可以先一步把手稿藏起来。对简·奥斯汀来说，写《傲慢与偏见》是不光彩的事。我还在想，如果简·奥斯汀认为没有必要把手稿藏起来不让访客看到，《傲慢与偏见》会不会更为精彩？我读了一两页，试图弄清楚这个问题。但我找不出任何迹象表明她的环境对她的工作有丝毫影响，在这一点上，也许这正是最大的奇迹。

她生活在19世纪初，她的文字里没有仇恨，没有痛苦，没有恐惧，没有抗议，也没有说教。看着《安东尼与克利奥帕特拉》，我想莎士比亚就是这么写作的。当人们比较莎士比亚和简·奥斯汀时，他们的意思可能是两人的思想扫除了一切障碍。正因如此，我们既不了解简·奥斯汀，也不了解莎士比亚；也正因如此，简·奥斯汀的文字里到处都是她的影子，莎士比亚也是这样的。如果说简·奥斯汀的处境给她带来了什么痛苦的话，那就是她无可奈何，只能过着狭隘的生活。女性不能独自出门。她从未旅行过，从未乘坐公共马车游览伦敦，也从未独自在商店里吃过午饭。但也许是简·奥斯汀的天性使然，她并不强求自己没有的东西。她的天赋和她所处的环境相得益彰。但我打开《简·爱》，把它放在《傲慢与偏见》旁边，心中怀疑夏洛特·勃朗特的情况就另当别论了。

我翻到第十二章，目光被一句话吸引住了："谁喜欢怪我就怪吧。"我不禁要问，夏洛特·勃朗特有什么可让他们责怪的？我还读到，当费尔法克斯夫人在做果冻时，简·爱常常爬上屋顶眺望远处的田野。她心怀渴望，而人们正是因此而责备她——

我渴望拥有不凡的眼力，超越这界限，看到繁华的世界，看到我听说过但从未见过的城镇和充满生机的地区，我渴望冲破现在，获得更多的人生体验。我渴望离开现在的一隅之地，去与很多人交往，了解他们不同的性格。我看重费尔法克斯夫人和阿黛勒身上的优点。但我相信还有很多善良的人。我希望看到我所相信的东西。

谁会怪我？毫无疑问，很多人都会，他们都觉得我不知足。可我控制不了自己，我生来便不是安守本分的性子。有时，这让我很痛苦……

人人都说我们应该满足于平静的生活，可这话一点用也没有。他们必须行动，即使找不到行动的方向，也要动手创造。数百万人注定要遭受比我更沉寂的厄运，还有数百万人在无声地反抗命运。没人知道有多少反抗在芸芸众生中发酵。一般来说，女人应该内心平静，但女人的感觉和男人一样，她们和她们的兄弟们一样，需要锻炼自己的才能，施展自己的才华。但她们遭到了刻板的约束，人生处于绝对的停滞之中，她们和男人一样，遇到这种待遇也会痛苦。男人享受着更大的特权，却认为她们应该安于制作布丁和织袜子，安于弹钢琴和绣荷包，那就太狭隘了。如果只是因为她们试图冲破习俗强加在女性身上的束缚，努力做更多的事，学习更多的东西，便谴责她们，嘲笑她们，就未免太过欠考虑了。

独自一人时，我常常听到格雷斯·普尔的笑声……

我想，这真是一个尴尬的停顿。格雷斯·普尔的名字突然出现，真叫人心烦。行文的连续性被打乱了。我把书放在《傲慢与偏见》旁边，又想到，有人可能会说，写出这几页的女人比简·奥斯汀更有天赋。但如果把它们重读一遍，并标出其中的急切和愤怒，就会发现，她永远无法完整地表达出自己的才华。她的作品会变形和扭曲。她本该心如止水，却在愤怒中写作。在本该妙笔生花的地方，她的文字却充斥着愚蠢的意味。在该描写人物的地方，她却写她自己。她在与命运抗争，又怎能不变得狭隘和挫败，年纪轻轻便去世了呢？

人们不禁会想，假如夏洛特·勃朗特一年有三百英镑的收入，会怎么样呢？可是，这个愚蠢的女人把自己的小说版权都卖了出去，只得了一千五百英镑。如果她对这个繁华的世界，对充满生机的城镇和地区有更多的了解，如果她有更多的人生体验，与更多的人交往，了解他们的性格，又会怎么样？在这些内容中，她不仅准确地暴露了自己作为小说家的缺陷，还指出了当时女性的缺陷。她知道，如果她不是只能独自眺望远方的田野，如果她有丰富的人生体验，能与人交往，能四处游历，那么她的天赋将拥有更大的施展空间，对于这一点，没人比她本人更清楚了。但她做不到，这样的机会被剥夺了，我们必须接受一个事实：所有那些优秀的小说，如《维莱特》《爱玛》《呼啸山庄》《米德尔马契》，都是由没有多少生活经验的女人写的，她们只能待在可敬的牧师的家里，只能坐在这座体面房子的公共客厅里写小说。她们穷得叮当响，一次只买得起几叠稿纸，在上面写《呼啸山庄》或

《简·爱》。

　　的确，四大女作家之一乔治·艾略特在经历了许多磨难后逃了出来，但只逃到了圣约翰伍德一所僻静的别墅。尽管世人都大加反对，但她还是在那里安顿了下来。"我希望大家能理解，"她写道，"我永远不会邀请任何不想前来的人。"这难道不是因为她和一个有妇之夫有过一段罪恶的情史，与她见面就会损害已婚女性或碰巧拜访的任何人的名声吗？人必须服从社会习俗，与"所谓的世界隔绝"。与此同时，在欧洲的另一边，有一个年轻男子放浪不羁，一时与吉卜赛人厮混，一时与某位贵妇来往，他去打过仗，体验各种各样的生活，不受阻碍，也无人约束他，而后来在他写作的时候，这些经验给了他极大帮助。我想，如果托尔斯泰和一位已婚女士隐居在隐修院里，与"所谓的世界隔绝"，无论道德教训多么有启发性，他也很难写出《战争与和平》。

　　不过，也许人们可以更深入探讨小说写作的问题以及性别对小说家的影响。闭上眼睛，把小说作为一个整体来思考，就会发现这样的作品与生活存在着相似之处，不过小说自然进行了无数的简化和扭曲。不管怎么说，它就如同一座建筑，在人的心灵之眼上留下了深刻印象，时而呈方形，时而呈宝塔形，时而伸出两翼和拱廊，时而像君士坦丁堡的圣索菲亚大教堂那样筑有圆顶，坚固、紧凑。回想起某些著名的小说，我想，这种形状始于一种与之相适应的情感。但这种情感立刻与其他情感融合在一起，因为"形状"不是由石头与石头的关系构成的，而是由人与人之间的关系构成的。因此，小说在我们心中引发了各种对立的情绪。生命与非生命相冲突。我们很难就小说达成一致的意见，而且个人的偏见对我们有着巨大影响。一方面，我们觉得"你"，也就是男主人公约翰必须活下去，否则我将陷入绝望的深渊；另一方面，我们又认为，唉，约翰，你必须死，因为这本书的形状要求你死。生命与非生命相冲突。既然是生命的一部分，我们就把它当作生命来判断。有人说，詹姆斯是我最讨厌的那种人。还有人说，这是荒谬的胡言乱语。我自己从来没有这种感觉。很明显，回顾任何一部著名小说，它的整体结构都复杂至极，因为它是由许多不同的判断和情感组成的。令人惊奇的是，任何一本这样的书都能把完整性保持一两年以上，而且，无论对英语读者，还是对俄语或汉语读者而言，意义都是一样的。

但偶尔也会有小说始终保持结构的完整。在这些罕见的作品中（我想到的是《战争与和平》），让结构保持完整的是一种被称为诚实的东西，尽管这与支付账单或在紧急情况下表现体面无关。就小说家而言，我们所说的诚实是指他让人相信他所写的就是事实。是的，人们觉得，我从来没有想过会是这样，我从来没见过这样的人。但你让我相信，事情就是这样，就会发生。我们在阅读时，要把每句话、每一场戏都拿到光下。奇怪的是，大自然似乎给了我们一种内在的光，我们借此判断小说家诚实与否。或者更确切地说，也许是大自然心血来潮，用看不见的墨水在心灵的墙壁上描绘了一种预感，而这些伟大的艺术家证实了这种预感。那是一幅只有放在天才之火上烘烤才能显现的草图。当一个人让画面显现出来，看到它焕发生机，就会狂喜地惊呼：这正是我一直以来的感受，正是我所知、所渴望的！人们心神激荡，甚至带着崇敬的心情合上书并放回书架，仿佛它是一件非常珍贵的东西，是一部一生都可以翻阅的宝典。我这样说着，拿起《战争与和平》把它放回原处。另外，如果你拿着这些可怜的句子测试，起初，它们那鲜艳的颜色和迷人的姿态立即引起了迅速而急切的反应，但随后一切便戛然而止，似乎有什么东西阻止其进一步发展。或者，若是将其拿到光下，只会发现这个角落里有一点模糊的涂鸦，那个角落有一个污点，没有任何完整的结构，那么你就会失望地叹一口气，说："又失败了，这部小说肯定在什么地方出了问题。"

　　当然，在大多数情况下，小说确实有这样或那样的问题。在巨大的压力下，想象力动摇了。洞察力混乱不堪，再也不能够辨别真假，也不再有力量继续进行每时每刻都需要运用各种不同才能的巨大劳动。但是，看着《简·爱》和其他小说，我想，小说家的性别会对这一切产生什么影响呢？女小说家的性别是否会影响她们的诚实？而在我看来，诚实是作家的支柱。在我引用的《简·爱》段落中，很明显，愤怒正在破坏小说家夏洛特·勃朗特的诚实。她把自己全情投入进行创作的故事丢在一边，转而去申诉个人的委屈。她记得自己缺乏应有的经验，她很想自由自在地周游世界，却被迫只能在牧师住宅里补袜子。怒火一起，她的想象力便偏离了方向，对此，我们也感觉到了。但是，除了愤怒，还有更多影响在拉扯着她的想象力，使它偏离了原来的轨道。例如，无知。罗切斯特的肖像是在黑暗中画出来的。我们在其中感受到了恐惧的影响。正如我们经常感受到一种压抑的酸楚、一种埋藏在她激情之下的怒火、一种使那些精彩的书籍痛苦痉挛的怨恨。

由于小说与现实生活息息相关，它的价值在某种程度上就是现实生活的价值。但很明显，女性的价值观念常常与男性制定的价值观念不同，这是很自然的事。然而，占主导地位的却是男性价值观。大致来说，足球和体育很"重要"，追求时尚、购买衣服则"微不足道"。这些价值观不可避免地从生活中转移到小说中。评论家称这是一本重要的书，因为它讲的是战争，又说那本书无足轻重，因为它讲的是客厅里女人的感情。战场上的场景比商店里的场景更重要。价值的差异更加微妙，而且无处不在。因此，19世纪早期，女小说家所写的小说的整体结构便受到稍微偏离正道的思想的影响，为了服从外部权威，这种思想失去了它清晰的视野。只要略读一下那些被人遗忘的旧小说，听听写这些小说的语调，就能猜出作者受到了批评。她们说这句话是为了挑衅，说那句话是为了和解。她们在承认自己"只是一个女人"，或者表示抗议，声称自己"和男人一样出色"。面对批评，她们的性格决定了她们是顺从还是胆怯、是愤怒还是强硬。是什么并不重要，她们脑子里想的并不是这件事本身。她们的书落在我们的头上，中心却存在着瑕疵。我想起了伦敦二手书店里散落着的女性小说，就像果园里长满凹坑的小苹果，而使它们腐烂的是中心的缺陷。为了尊重别人的意见，她们硬生生改变了自己的价值观。

但是，她们若想毫不动摇，根本是不可能的事。在那个纯粹的父权社会中，面对所有批评，要毫不退缩地坚持自己的观点，需要多么大的天赋、多么深刻的正直！只有简·奥斯汀和艾米莉·勃朗特做到了。这是她们的另一项成就，也许还是最卓越的成就。她们像女人一样写作，而不是像男人一样写作。当时，有成千上万的女性在写小说，只有她们完全无视没完没了的教育家所做的没完没了的告诫：你应该这么写，你应该那么想。只有她们对那执拗的声音充耳不闻，那声音时而抱怨，时而居高临下，时而盛气凌人，时而悲伤，时而震惊，时而愤怒，时而慈眉善目，反正就是不可能放过妇女，时时刻刻对着她们说个不停。就像一位一本正经的家庭教师，像埃格顿·布里奇斯爵士那样对她们严加管教，要她们表现文雅。就连女性写的诗也饱受批评。①那声音告诫她们，如果她们想做一个正派高尚的人，想赢得想来是一些闪亮的奖品，就要把自己控制在这位先生认为合适的范围内。"……女性小说家只有勇敢地承认自己性别的局限性，才能追求卓越。"②简而言之，当我告诉你们，这句话不是在1828年8月写的，而是在1928年8月写的，你们定然会大吃一惊。我想，你们会同意，无论现在我们觉得这话有多可笑，它都代表了大部分人的观点。我并不是想翻陈年旧账，只是把

---

① （她们）有一种形而上的目的，这是一种危险的痴迷，尤其对女人来说，因为女人很少拥有男人对修辞的理性热爱。女人在这方面的缺失很奇怪，而在其他事物中，女人更原始、更物质。出自《新标准》（*New Criterion*），1928年6月。——原书注

② "如果你像这位记者一样，也就会相信：女性小说家只有勇敢地承认自己性别的局限性，才能追求卓越（简·奥斯汀已经证明了可以多么优雅地做到这一点……）。"出自《生平与书信》（*Life and Letters*），1928年8月。——原书注

脑海里闪过的念头说出来而已。要知道，在一个世纪前，这样的观点很有影响力，直言不讳，掷地有声。1828年，年轻女子必须非常坚强，才能漠视所有这些冷落、责骂和奖励的承诺。她们必须自己给自己鼓劲：唉，不过在文学上，不可能都是他们说了算。文学是向所有人敞开大门的。哪怕你是校官，我也不允许你把我从草地上赶走。你喜欢的话，大可以把图书馆锁起来，但你锁不住我自由的思想，因为那是没有门、没有锁、没有闩的。

但是，无论挫折和批评对她们的写作有什么影响（我相信影响很大），与她们在把思想写在纸上时所面临的另一个困难（我想到的仍然是19世纪早期的小说家）相比，就显得小巫见大巫了：她们没有传统支撑，或者传统历时太短、太偏颇，对她们的帮助不大。如果我们是女性，只能通过母亲的角度来思考过去。向伟大的男性作家寻求帮助是没有用的，哪怕能从他们那里得到很多乐趣。兰姆、布朗、萨克雷、纽曼、斯特恩、狄更斯、德昆西……不管是谁，都从来没有给过女人帮助，尽管女人可能从他们那里学会了一些技巧，为自己所用。男人思想的重量、速度和步伐与女人的截然不同，她们无法成功地从他们那里拿走任何实质性的东西，即便想要生搬硬套也做不到。也许在动笔后，她们发现的第一件事就是没有通用的写作方式可供使用。

所有伟大的小说家，如萨克雷、狄更斯和巴尔扎克，所写的散文全都自然流畅，节奏明快而不马虎，富有表现力而不矫揉造作，各有特色却也有口皆碑。它们以当时流行的句式为基础。19世纪初流行的一句话大概是这样的："他们的作品之所以精彩绝伦，在于继续，而不是戛然而止。他们最兴奋和最满足的，莫过于运用自己的艺术，不断发现真与美。成功促使人努力，习惯有助于成功。"这是男性作家喜欢使用的句式风格。背后可见约翰逊、吉本和其他人。这样的风格不适合女性作家使用。虽然夏洛特·勃朗特天赋异禀，写得一手好散文，却只是攥着这不趁手的武器，跌跌撞撞地跌倒在地。乔治·艾略特更是用它犯下了难以形容的暴行。简·奥斯汀看了看，大笑一声，便设计出了自然整齐、适合她自己使用的句型风格，此后从未偏离。因此，虽然她的写作天赋不如夏洛特·勃朗特，但表现能力更胜一筹。

的确，既然自由和充分的表达是艺术的本质，那么传统的缺乏、工具的不足一定对女性的写作产生了巨大影响。此外，书不是由一个个句子首尾相连组成的，而是把句子构建在一起，用一个更为形象的比喻来说，就是要用句子构建拱廊或圆顶。这种结构也是男性作家出于自己的需要而创造出来的，供他们自己使用。没有理由认为史诗或诗剧的形式比这样的句型结构更适合女人。但是，到了女性可以成为作家的时代，所有古老的文学形式都已僵化固定。只有小说还很年轻，在她们手里还很柔软，也许这是她们写小说的另一个原因。然而，即使是现在，谁会说"小说"（我给它加了引号，以表明我认为小说并不适用）即使是所有形式中最柔韧灵活的一种，就适合女性使用呢？毫无疑问，等到她们能自由活动四肢的时候，我们就会发现她们把小说锻造成了自己需要的样子，并提供了一些新的载体，但不一定是韵文，从而抒发内心的诗性。因为她们心中的诗性一直不曾有机会表现出来。我又思考，现在的女人如何写出五幕的悲剧诗。她们会用韵文吗？难道不用散文吗？

但这些都是难以解决的问题，潜藏在即将到来的曙光中。还是不要再说这些问题了，否则它们只会刺激我偏离主题，进入无路可寻的森林，在那里，我将迷路，很可能被野兽吃掉。我不希望，我相信你们也不希望我提起小说的未来，这是个令人沮丧的话题。因此，我只在这里暂停一下，提请你们注意，就妇女而言，身体条件在未来必须发挥的重要作用。书必须在某种程度上适应身体，大胆地说，女人的书应该比男人的书更短、更紧凑，结构也更为明快，这样她们就不需要长时间不间断地工作。毕竟总有事干扰她们。此外，男人和女人的大脑神经似乎是不同的，如果想让女性发挥最大作用，就必须找出合适的方法，例如，修道士们几百年前设计的长达数小时的讲座是否适合、工作和休息该怎么结合，这里所说的休息不是什么都不做，而是做一些不同的事。那么，这不同的事又是什么？所有这些都应该加以讨论和发现，所有这些都是女性和小说这个问题的一部分。

我又走到了书架前，心想，到哪里去找由女性所写、详细研究女性心理的书呢？如果因为女性踢不好足球，就不允许她们行医……所幸，我的思想又转向了别处。

五

我漫无目的地走了一会儿，终于来到了摆放当代作家书籍的书架前。这些作家有男有女，现在，女人写的书几乎和男人写的一样多了。或者，如果这还不完全正确，如果男性仍然是健谈的性别，那么女性不再只写小说这一点肯定是事实。简·哈里森出版了希腊考古学的书，弗农·李创作了关于美学的书籍，格特鲁德·贝尔写了波斯。如今，女人就各种主题进行创作，而在上一代人以前，是没有女人能触及的。女性的创作领域包括诗歌、戏剧和评论，有历史、传记、游记和学术研究著作，甚至有一些哲学、科学和经济学的书籍。虽然小说占主导地位，但小说与其他类型的书籍有了联系，因而自身也发生了改变。自然简洁的文风以及女性写作的史诗时代已经一去不复返了。阅读和批评给了她们更广阔的视野和更敏锐的洞察力。写自传的冲动可能已经消磨殆尽了。她们开始把写作当作一门艺术，而不是抒发内心感受的方式。在这些新小说中，人们可以找到几个这类问题的答案。

我随便取了一本书。那本书放在书架的最边上，书名是《人生历险》之类的，作者是玛丽·卡迈克尔，是在今年10月出版的。我对自己说，这好像是她的处女作，但必须把它当作一套相当长的系列书籍的最后一卷来读，是我刚才看过的那些书（即温奇尔西夫人的诗歌、阿芙拉·贝恩的戏剧和四大女小说家的小说）的延续。因为尽管我们习惯把书分开来判断，但书籍是彼此的延续。我还必须把这个不知名的女作家看作所有其他女作家的"后裔"。我一直在研究那些女作家的环境，现在则要看看她从她们那里继承了怎样的特点和限制。我叹了口气。小说往往是一种镇痛剂，而不是解药，它让人陷入昏睡，而不是用燃烧的烙铁唤醒他们。于是，我拿着笔记本和铅笔坐下来，尽我所能地仔细研究玛丽·卡迈克尔的第一部小说——《人生历险》。

首先，我把那一页扫视了一遍。我说，我要先了解她的句式，再把蓝眼睛、棕眼睛以及克洛伊和罗杰之间可能存在的关系装进我的记忆里。等我弄清楚她手里拿的是笔还是鹤嘴锄，就有时间看那些了。于是我读了一两句话，让她的文字在我的舌尖回荡。很快，事情就明显不太对劲了。句子之间被打断了，并不连续流畅。有些东西被撕破了，有些东西在刮擦。一个个字符在我的眼前闪烁着光芒。就像古老戏剧里说的那样，她正在"放开"自己。我想，她就像在划着一根永远点不燃的火柴。我问她，就好像她在我跟前一样：为什么简·奥斯汀的句式不适合你呢？难道就因为艾玛和伍德豪斯先生死了，它们就都报废了吗？唉，我叹了口气，事情竟然是这样。简·奥斯汀从一段旋律优美的文字切换到另一段旋律优美的文字，就像莫扎特创作出一首又一首曲子，而读这本书，就像坐着一艘无篷船在海上航行一样。小船随着波涛而起起伏伏。这样的简洁，这样的精短，也许意味着她心有忌惮——害怕被说成"多愁善感"，也可能是她记得世人都认为女性的作品辞藻华丽，于是她增加了许多多余的刺。不过，在我仔细阅读情节之前，我无法确定她是在表达自己，还是在描写别人。我又仔细看了一会儿，便想，起码她的书不是索然无味、叫人读不下去。但她堆砌了太多事实。在这样一本厚度的书里（大约是《简·爱》的一半），其中一半事实都派不上用场。然而，不管怎样，她设法把我们大家——罗杰、克洛伊、奥利维亚、托尼和比格汉姆先生——都弄上了一条独木舟，逆流而上。我靠在椅背上说，等等，我必须把整个事情再仔细考虑一下，才能继续深入。

　　我对自己说，我几乎可以肯定，玛丽·卡迈克尔在捉弄我们。我感觉自己像坐在过山车上，没有像人们所预料的那样呼啸向下，反而陡然上升。玛丽篡改了人们预期的顺序。她先是打断了句子之间的节奏，现在她又打破了顺序。很好，也许她不是为了破坏，而是为了创造，而她有权做这两件事。要看到她如何描写情节，我才能确定她做的是哪一种。我说，我将给她完全的自由，让她选择要描写怎样的情节。只要她愿意，她大可以描写锡罐和旧水壶。但是她必须使我相信，她本人确信这是一个情节。她创作了这个情节，就必须面对。她必须投入。于是我下定决心，如果她愿意履行作为作家的义务，我也将履行作为读者的义务。我翻到下一页，看了起来……对不起，虽然有些突然，但我还是要中断一下。这里有没有男人？你们能向我保证，查尔斯·拜伦爵士没有藏在那条红窗帘后面？你们向我保证，在场的都是女人？那么，我可以告诉你们，我读到的下一句话是："克洛伊喜欢奥利维亚……"可别吃惊，也不要脸红。我们女人不妨私下承认，这种事确实时有发生。有时候女人确实喜欢女人。

"克洛伊喜欢奥利维亚。"我念道。随即，我突然意识到此处发生了巨大变化。在文学史上，也许是第一次发生克洛伊喜欢奥利维亚这样的事。克利奥帕特拉不喜欢奥克塔维亚。如果她喜欢，那么《安东尼与克利奥帕特拉》就会彻底改变！我想，恐怕我要由着思绪离开《人生历险》了。按照现在的思路，整个事情都简化了，因循守旧，简直荒唐可笑。克利奥帕特拉对奥克塔维亚唯一的感觉就是嫉妒。她比我高？她的发型是怎么做的？在这部戏里，或许并不需要描写更多类似情节。但是，如果这两个女人之间的关系更复杂一些，那该多有趣啊。迅速回忆着虚构女性形象的辉煌画廊，我想，所有这些女人之间的关系都太简单了。有太多东西被忽略了，没有尝试。

我在阅读的过程中，试着回忆有没有哪本书描写两个女人之间的友谊。《十字路口的戴安娜》中倒是有这样的尝试。当然，在拉辛的作品和希腊悲剧中都描写了身为知己好友的女性人物。她们有时是母女关系。但这些关系几乎毫无例外地体现在了她们与男人的关系中。奇怪的是，直到简·奥斯汀的时代，对小说中所有伟大的女性人物，不仅要通过异性的眼光来描写，还要通过她们与异性的关系来观察。而这只是女人生命中微不足道的一部分。当男人透过性别给他们戴上的黑色或玫瑰色的眼镜来观察时，便对这一点所知甚少。也许这就是小说中女性的特殊性质：要么美得倾国倾城，要么可怕得令人发指，处在两个极端。她们时而善良如天使，时而邪恶得令人毛骨悚然。在情人的眼里，随着他浓情蜜意或绝情无意，随着他事业成功或遭遇不幸，女人在他们眼里便是如此。当然，对于19世纪的小说家来说，情况并非如此。在这个时期的小说里，女性的形象变得更加多样和复杂。事实上，也许正是出于描写女人的欲望，男人才逐渐放弃了充满暴力、几乎无法描写女性角色的诗歌剧，并且发明了小说这种更合适的容器。即便如此，即使在普鲁斯特的作品中，男人对女人的了解也明显受到了严重阻碍，并显得很是片面，就像女人对男人的了解一样。

我又低头看了看那一页，继续想：有一点越来越明显，那就是和男人一样，女人除了对家庭生活的长期兴趣之外，还有其他兴趣。"克洛伊喜欢奥利维亚，她们共用一个实验室……"我继续读，发现这两个年轻女子正在剁可治疗恶性贫血的猪肝，尽管其中一位已经结婚，还有两个年幼的孩子（我想我说得没错）。当然，所有这些都必须被删去，如此一来，小说中对女性人物的精彩描写就变得太过单调了。例如，假设在文学作品中，男人只被描绘成女人的情人，而从来不是男人的朋友、士兵、思想家、梦想家，那么在莎士比亚的戏剧中，能分配给他们的角色是多么少，文学又将遭受多大的损失！奥赛罗的大部分或许还能看到，安东尼的很多故事也可保留，但不会再有恺撒、布鲁图、哈姆雷特、李尔王和雅克了，那么文学就将贫乏如枯井，但由于将女性拒之门外，文学早已是一派贫瘠荒芜的景象了。被迫嫁给不喜欢的人，被关在房间里，过着千篇一律的生活，面对这样的情况，剧作家怎么能把她们的生活描写得完整、有趣或真实呢？那就只剩从爱情的角度来描写她们这一条路了。诗人被迫充满激情或痛苦，除非他真的选择"恨女人"，而这意味着他对她们来说往往没有吸引力。

现在，如果克洛伊喜欢奥利维亚，二人共用一个实验室，这本身就会使她们的友谊更加多样化、更加持久，因为这与她们私下里的生活少了几分联系。如果玛丽·卡迈克尔懂得写作，而我又开始欣赏她文风中的某种气质，如果她有一间单独的房间（这我可不敢肯定），如果她自己有一年五百英镑的收入（这也有待证实），那么，我认为一件非常重要的事就发生了。

如果克洛伊喜欢奥利维亚，而玛丽·卡迈克尔知道如何表达这种喜欢，她就能点燃火炬，照亮那个不曾有人涉足的大房间。光线半明半暗，黑影幽深，就像举着蜡烛走进蜿蜒的洞穴，来回张望，却不知道自己身在何处。我又开始读那本书，读到克洛伊如何看着奥利维亚把一个罐子放在架子上，说该回家去陪孩子们了。我惊呼道，这是开天辟地以来从未见过的景象。我满心好奇地看着。我想看看玛丽·卡迈克尔如何努力捕捉那些从不曾有人描写的动作，如何记录那些从未宣之于口或只说了一半的话，当女人独自一人，没有被异性反复无常、充满主观感情色彩的光线照亮时，这些动作就像天花板上飞蛾的影子一样难以察觉。如果她要这样做的话，就需要屏住呼吸，我一边继续读，一边暗想。女人对任何没有明显动机的关注都持着怀疑的态度，她们习惯隐藏和压抑，只要有人朝她们的方向瞥了一眼，她们就会立刻离开。我对玛丽·卡迈克尔说——好像她就在我面前，你唯一的方法就是谈些别的，同时定定地望着窗外，做好记录，不是用铅笔记在本子上，而是用最快的速记办法，以尚未说出口的话，去记录奥利维亚这个在岩石阴影下存活了数百万年的生物感到光线落下，看见递到面前的奇怪食物，那是知识、冒险、艺术。我又从书本上抬起头来，心想，她伸手去抓食物，一定会重新组合那些用于其他用途、高度发达的才能，把新的东西吸收到旧的东西中去，而又不破坏复杂至极、精致平衡的整体性。

但是，唉，我做了我本来决定不做的事。我不假思索地开始赞美女性。"高度发达""复杂至极"不可否认都是溢美之词，而赞美同性总是令人怀疑的，往往还很愚蠢。此外，在这种情况下，人们怎么能证明这一点呢？总不能拿着地图说哥伦布发现了美洲，而哥伦布是个女人，或者拿起一个苹果说，是牛顿发现了万有引力定律，而牛顿是个女人，又或者望着天空说，飞机从头顶飞过，而飞机是女人发明的。墙上没有标记来测量女人的精确身高。母亲是否尽职尽责、女儿是否孝顺、姐妹是否忠诚、主妇是否能把家打理得井井有条没有任何精确到毫厘的标尺可以衡量。即使到现在，也很少有女性能进入大学。而陆军和海军、贸易、政治和外交等职业，它们的巨大试炼也很少接受女性参加。一直到现在，在这些行业里也鲜有女性的身影。但如果我想知道世人对霍利·巴茨爵士了解多少，只要翻开《伯克贵族名录》或《德布雷特英国贵族年鉴》，就能看到他获得了某某学位，拥有一个庄园，还有一位继承人。他曾任董事会干事，做过英国驻加拿大大使，还获得了很多的学位、官职、奖章和其他荣誉，这一切都记录着他不可磨灭的功绩。关于霍利·巴茨爵士，若还有其他，那就只有上帝才知道了。

因此，当我说女性"高度发达""复杂至极"时，无法在《惠特克年鉴》《德布雷特英国贵族年鉴》或大学年鉴上证实我的话。面对这种困境，我能做什么？我又看了看书架，那上面摆着约翰逊、歌德、卡莱尔、斯特恩、库珀、雪莱、伏尔泰、勃朗宁等人的传记。我开始想到，出于这样或那样的原因，所有那些伟人都倾慕、追求过女人，和女人生活在一起，他们向女人倾诉、求爱，他们书写女人、信任女人，并表现出对某些异性的需要和依赖。我不肯定所有这些关系都是柏拉图式的，威廉·约翰逊·希克斯爵士可能也会否认。但是，如果我们坚持认为这些杰出人物从与女性的关系中只得到了慰藉、奉承和肉体上的欢愉，那就大错特错了。很明显，他们得到的东西是同性无法提供的。不需要引用诗人狂想曲般的诗句，也可以毫不鲁莽地确定这给男人带来了刺激，让他们的创造力焕发生机，而这只有异性才能给予。我想，他们会打开客厅或育儿室的门，也许会看到她和她的孩子们在一起，也许膝头还放着一块刺绣。不管怎么说，她代表着某种不同的生活秩序和制度的中心，这个世界和他自己的世界（可能是法庭或下议院）形成了鲜明对比，能立刻使人振作起来。甚至在最简单的谈话中，也会自然而然地产生不同观点，使他心中干涸的思想重新焕发生机。看到她用一种不同于他自己的方式创作，他的创造力就会大大增强，他那贫瘠的头脑就会不知不觉地重新开始构思，他只要戴上帽子去拜访她，缺失的词句或场景就能失而复得。每个约翰逊都有自己的斯雷尔夫人，并且出于一些原因而紧紧地抓住她，后来斯雷尔夫人嫁给了她的意大利音乐教师，约翰逊都快气疯了，厌恶至极，不仅因为在斯特里汉姆度过的愉快夜晚终成回忆，还因为他的生命之光"仿佛熄灭了"。

即使你们不是约翰逊博士、歌德、卡莱尔或伏尔泰，也能感受到女性所具有的复杂本质，以及高度发展的创造力量，尽管这与这些伟人的感受有很大不同。人走进房间……必须使用英语的每一个词语，生拉硬搬，女人才能说出她们走进房间时发生了什么。房间完全不同，有的很安静，有的有响彻雷鸣般的声音，有的对着大海，还有的正好相反，正对着监狱的院子。房间里都挂着洗过的衣服。有的装饰着猫眼石和丝绸，有的硬如马毛，还有的软如羽毛。只要走进任何一条街上的任何一个房间，那种极其复杂的女性力量就会扑面而来。不然还会怎么样？数百万年来，妇女只能待在内宅，到现在，连墙壁都渗透着她们的创造力，这种创造力确实超出了砖瓦的承受能力，因此必须利用写作、绘画、商业和政治才能驾驭它。但是这种创造力与男人的创造力有很大不同。我们必须得出结论，如果它被阻碍或浪费，那将是非常遗憾的，因为它是通过几个世纪最极端的管束赢得的，没有什么可以取代。如果女人像男人一样写作、像男人一样生活、像男人一样打扮，那就太可惜了，毕竟世界浩瀚无垠，丰富多样，如果有两种性别都不够，又怎么能只有一种呢？教育不是应该突出和巩固差异而不是相似之处吗？我们有太多相似之处了。如果一个探险家回来后，带回消息说，其他性别透过其他树木的树枝望着其他天空，那他就是对人类做出了莫大贡献。看着X教授冲过去拿测量杆以证明他"优越"，实在是一大乐事。

我的思绪仍然在树叶之外徘徊，心想，玛丽·卡迈克尔会从旁观者的角度琢磨她的作品。我确实担心她会受到引诱，成为我觉得不那么有意思的一类人——去当自然主义小说家，而不是一个沉思者。有那么多新鲜的事实等着她去观察。她将不再需要把自己局限于上流社会与豪宅府邸。她不会仁慈，也不会居高临下，而是本着友爱的精神，走进那些散发着香气的小房间，那里坐着妓女和带着哈巴狗的女士。她们仍然坐在那里，穿着男作家迫不得已披在她们肩上的粗糙的现成衣服。但玛丽·卡迈克尔会拿出剪刀，把那些衣服剪裁得舒适贴身。如此一来，那些女人的本来面目便显现了出来，看起来真是一大奇景。但我们必须等一会儿，因为玛丽·卡迈克尔仍然深陷"罪孽深重"的自我意识，困扰不已，而这是野蛮的性别传统遗留下来的恶果。她的脚上依然束缚着破旧的阶级镣铐。

然而，大多数女性既不是娼妓，也不是交际花，也不会在夏日的下午坐着不动，把哈巴狗抱在沾满尘土的天鹅绒衣服上。那她们会做什么呢？于是，我的脑海里浮现出河南岸的一条长街，无数居民住在一排排房屋里。凭着想象的眼睛，我看见一位苍老的夫人挽着一位中年妇女的胳膊穿过街道，也许那位中年妇女是她的女儿，二人都很体面，穿着靴子和皮草，对她们而言，下午的更衣一定是一种仪式，年复一年，在夏天的那几个月，这些衣服会被收进柜子里，还会放上樟脑。她们穿过马路，这时，路灯点燃（黄昏是她们最喜欢的时刻），想必年复一年都是如此。老妪快八十岁了。如果有人问她，人生对她意味着什么，她会说她记得巴拉克拉瓦之战时灯光通明的街道、爱德华七世国王诞生时海德公园的枪炮鸣响。如果有人问她在某年某月或某个季节做了什么，比如1868年4月5日或1875年11月2日，她会闪烁其词，说记不清了。她是在做晚饭，洗杯盘锅碗，送孩子们去上学，使他们走向外面的世界。这一切什么都没有留下。一切都消失了。没有传记或历史对此有任何记载。而小说虽是无意，却还是不可避免地撒了谎。

我对玛丽·卡迈克尔说，仿佛她就在眼前：所有这些默默无闻的生活都有待记录。我又想，思绪穿行于伦敦的街道，在想象中感受着沉默的压力，感受着女人们未被记录的生活逐年积累。有的女人站在街角，两手叉腰，肥胖的手指上戴着好几枚戒指，戒身深深嵌在肉里，说话时双手乱摆，那节奏宛若莎士比亚的台词，有的女人兜售紫罗兰和火柴，有老太婆站在门道下面，还有那些流浪的女人，她们的面孔像太阳和云层下的波浪，预示着男人和女人的到来，以及商店橱窗里将亮起闪烁的灯光。我对玛丽·卡迈克尔说，你紧紧握着火把，去探索这一切。最重要的是，你必须用火把照亮你自己的灵魂，看清它的深刻和浅薄、虚荣和慷慨，说出你的美或平庸对你而言意味着什么，以及你与这个不断变化的世界的关系是什么。这个世界里，购物拱廊里铺着仿大理石地面，里面摆满了衣料，从香水瓶子里飘出淡淡的香气，手套、鞋子和其他东西来回摆动。在想象中，我走进了一家商店。地面是黑白相间的，店内挂着彩带，看起来美轮美奂。我想，也许玛丽·卡迈克尔会在路过时进来看看，因为这种景色和安第斯山脉的雪峰或岩石峡谷一样，都适合用笔墨描写一番。还有那个站在柜台后面的女孩，我很想知道她的一生都经历过什么，就像人们第一百五十次研究拿破仑的生平、第七十次研究济慈和他使用的弥尔顿式倒装句。老教授Z这样的人正在写这类的传记和研究。然后我踮着脚尖（我是如此怯懦，如此害怕那一次差一点就打在我肩膀上的鞭子），继续小心翼翼地低声说，她也应该学会嘲笑异性的虚荣，但不要言语尖刻，更确切地说，是嘲笑他们的怪癖，因为这是一个不那么无礼的词。每个人的后脑勺上都有一块一先令硬币大小的斑点，自己是看不见的。描述后脑勺上那块先令大小的斑点是什么样的应该是男女两性为彼此履行的职责。想想看，从尤维纳利斯①的评论中，从斯特林堡②的批评中，妇女们得到了多少好处。想想看，从远古开始，男人就带着怎样的人性和才华，向女人指出脑后那块黑斑！如果玛丽足够勇敢和诚实，就会走到异性的身后，告诉我们她在那里发现了什么。除非有女人描述那块先令大小的斑点，否则永远无法描绘出男性的全貌。伍德豪斯先生和卡萨瓦邦先生就是这种大小和性质的黑斑。当然，理智的人不会劝她忍受对既定目标的蔑视和嘲笑，文学作品表明，本着这种精神所写的东西纯属白费力气。有人会说，说实话，结果一定会非常有趣。喜剧一定会更为丰富。全新的事实也一定会被发现。

　　然而，是时候把我的目光再次垂落到书页上了。与其猜测玛丽·卡迈克尔可能写什么、应

---

① 尤维纳利斯（Juvenalis，约60—约140）：亦译玉外纳，古罗马诗人。

② 即奥古斯特·斯特林堡（August Strindberg，1849—1912），瑞典戏剧家、小说家、诗人，瑞典现代文学的奠基人。

该写什么，不如看看她实际上写了什么。于是我又读了起来。我想起自己对她有些不满。她破坏了简·奥斯汀的句式，这样我就没有机会炫耀我那无可挑剔的鉴赏力和挑剔的耳朵了。可说"是的，是的，这很好，但简·奥斯汀写得比你好得多"一点用也没有，毕竟我不得不承认她们之间没有任何相似之处。然后，她又进一步打破了顺序，也就是我们预期中的顺序。如果她像个女人那样写作的话，也许她这样做时出于无意，只是像女人常做的那样，要把事情按自然顺序安排好。但这种效果多少有些令人困惑。人们看不到一股浪潮在聚积，一场危机即将来临。因此，我既不能夸耀自己的感情之深，也不能夸耀自己对人心的深刻了解。每当我要在平常的地方感受平常的事情时，感受爱与死亡，这个讨厌的家伙就把我拽开，好像重要的事情就在前面一点点。因此，她使我无法说出诸如"基本情感""人性的共性""人类心灵的深处"等铿锵有力的词语，以及所有其他支持我们信念的词语。无论我们表面上多么聪明，私下里都非常严肃、深刻和仁慈。相反，她让我觉得人懒惰和因循守旧，谈不上严肃、深刻和仁慈，这种想法远没有那么诱人。

但我继续读下去，注意到一些其他事实。她显然不是"天才"。她不像那些伟大的前辈如温奇尔西夫人、夏洛特·勃朗特、艾米莉·勃朗特、简·奥斯汀和乔治·艾略特，并不热爱大自然，不具备热情奔放的想象力、狂野的诗意、才华横溢的机智和沉思的智慧。她写不出多萝西·奥斯本那样优美的旋律，亦没有庄重的文笔，事实上，她只不过是一个聪明的姑娘，十年后，她的书无疑会被出版商捣成纸浆。但尽管如此，她还是具有某些优势，而这些优势是半个世纪前比她更有天赋的女人所没有的。对她来说，男人不再是"对立派"，她不必浪费时间去抱怨他们。她不需要爬到屋顶上，渴望旅行，渴望体验和了解世界和不同人的不同性格，为了这些她无法获得的事而心思烦忧。恐惧和仇恨几乎消失了，或者说，只有在她对自由略有夸张的喜悦中才能找到恐惧和仇恨的痕迹，而在对待异性时，她倾向尖刻和讽刺，而不是浪漫。那么，毫无疑问，作为一个小说家，她享有一些天然高等的优势。她有一种非常宽广、热切和自由的感情。哪怕是几乎察觉不到的触摸，这种感情也会做出反应。它就像一株刚刚长出来的植物，享受着它所见到的每一种景象和声音。它也非常微妙而奇怪地出现在几乎不为人知或未被记录的事物中。它照亮了一些小东西，表明也许它们并不小。它让被掩埋的东西浮至表面，让人想知道为什么它们会被埋葬。她笨手笨脚，并不曾继承悠久的传统，不像萨克雷或兰姆那样，笔尖轻轻一转，就能写出动人的文章，但我开始认为她已经掌握了第一堂重要的课。她以一个女人的身份写作，但作为一个忘记自己是女人的女人，她的书页里充满了那种奇怪的性别特质，这种特质只有在无性别意识的时候才会出现。

这一切都是好事。但是，如果她不能从转瞬

即逝的个人事物中建立起一座屹立不倒的永恒大厦，那么，再丰富的感觉和敏锐的洞察力也没有用。我说过我会等到她面对"情节"。我是这么说的，直到她用召唤、招手和相聚来证明她并不肤浅，能看到深处。某一时刻，她会对自己说：现在是时候了，我不需要做任何暴力就能表明这一切的意义。然后，她就将招手、召唤（很明显，她在加速行动），于是就会在记忆中浮现出也许是在其他章节中被遗忘的微末之事。有人缝衣服或抽烟斗，她会尽可能自然地让人感觉到他们的存在，当她继续写下去的时候，人们会觉得自己好像到了世界之巅，看到世界在下面庄严地展开。

无论如何，她正在尝试。当她准备接受考试时，我看到主教们和院长们、医生们和教授们、大家长们和老学究们都在对她大声警告和劝告，但我希望她没有看到。你不能这样，也不能那样！只有研究员和学者能上草地！没有介绍信，女士是不能进来的！有抱负又优雅的女小说家走这边！他们就像围堵在赛马场障碍物前的人群一样紧紧地盯着她，而她的考验就是既不向左看，也不向右看，只是跨越赛马障碍。我对她说，如果你停下来咒骂，那你就输了。同样，停下来笑也是输。犹犹豫豫或笨手笨脚同样万劫不复。我恳求她，你只管想着怎么跳过去就行，仿佛我把所有的钱都押在了她身上，她像只小鸟一样轻盈地跳了过去。但在那之外还有一道障碍，后面还有很多道障碍。我怀疑她是否还能坚持下去，因为掌声和喊声使人神经紧张。但她尽力了。考虑到玛丽·卡迈克尔不是天才，而是一个默默无闻的女孩，在卧室兼起居室里写着她的第一部小说，没有足够令人向往的东西，没有时间，没有金钱，也没有空闲，我想她已经做得不差了。

再给她一百年吧，我读着最后一章总结道。有人拉开了客厅的窗帘，人们的鼻子和裸露的肩膀暴露在满天星斗的夜空下。再给她一间自己的房间和每年五百英镑的收入，让她将自己的想法都说出来，把她现在所写的一半都删掉，那么，总有一天，她会写出一本更好的书。我把玛丽·卡迈克尔的《人生历险》放在书架的最末端，说，她会成为一个诗人，只是那是一百年后的事了。

六

第二天，10月早晨的阳光从没有拉上窗帘的窗户里射进来，一道道光线中可以看到飞扬的灰尘，街上传来了车辆的嗡嗡声。伦敦再度运转了起来。工厂里有了动静，机器开始工作。读完这些书籍，我不禁想看看窗外，1928年10月26日早晨的伦敦是怎样一派景象？伦敦在做什么？似乎没有人在读《安东尼与克利奥帕特拉》。看来，伦敦对莎士比亚的戏剧漠不关心。没有人关心小说的未来、诗歌的死亡，或者普通女性开始用散文表达自己全部的思想，而我不怪他们。即便有人用粉笔把对这些问题的看法写在人行道上，也没有人会弯腰去读。半小时之内，冷漠的匆匆步履就会把它们蹭掉。一个役童过去了，又过去了一个牵着狗的女人。伦敦街头的迷人之处在于从来没有两个人是重样的，每个人似乎都有自己的事要办。有带着小包的商人，流浪汉用棍子嘎嘎敲着栏杆。街上有一些和蔼可亲的人物，他们把街头当成了俱乐部的聚会室，与马车上的人打招呼，没人问他们，他们自己就把各种消息往外说。还有送葬的队伍经过，路人看到他们，突然想起生命易逝，连忙脱帽致意。这时，一位非常尊贵的绅士慢慢地走下门阶，停住脚步，以免与一位匆忙走路的女士相撞。不知怎么，这位女士弄到了一件华丽的皮大衣和一束帕尔马紫罗兰。这些人似乎都沉浸在自己的事中，彼此毫不相干。

此时此刻，就像伦敦经常发生的那样，交通完全停顿了。街上什么也没有，没有人经过。一片叶子从街道尽头的梧桐树上脱落下来，在那停顿中落下。不知怎的，这就像一个信号在坠落，指向事物中被人忽视的力量。它似乎指向一条河，河水无形地从街角流过，穿过街道，卷起人们，裹挟着他们前进，就像牛桥的河卷走了那个坐船的大学生和枯叶。这会儿，隐形河正斜着从街的这一边把一个穿漆皮靴的姑娘带到街的那一边，接着又把一个穿栗色大衣的年轻男子从街那边带到这边，它还带来了一辆出租车。姑娘、男子和出租车都会聚到我窗户的正下方。出租车停下，女孩和年轻男子停下，他们上了车。车慢慢地驶了起来，仿佛被水流卷着漂向了别的地方。

这景象再平常不过了。奇怪之处则在于我的想象赋予了它一种节奏顺序，事实上，两个人挤进一辆出租车的普通景象能传达出他们自己似乎感到满意的某种东西。看着出租车转弯驶走，我想，两个人沿着街道走来，在拐角处相遇的情景似乎减轻了我紧张的心情。也许这两天我一直在思考两种性别的截然差距，太耗费心神。它形成干扰，让心灵不能保持一致。现在，看到两个人走到一起，上了同一辆出租车，那种苦恼消失了，和谐感恢复如初。我一面把头从窗户外收回来，一面想道，大脑的确是一种非常神秘的器官，我们完全依赖它，对它却一无所知。为什么我觉得心中存在着分离和对立，就像明显的原因造成的身体上的紧张一样。"一致的思想"是什么意思？我沉思着。很明显，心在任何时刻、任何地点都具有强大的专注力，似乎并不会有分裂的状态。例如，它可以把自己和街上的人分开，并把自己想象成和他们分开，站在楼上的窗边俯视他们。它还可以自发地与其他人一起思考，例如，在人群中等待听别人读新闻。它可以通过父亲或母亲回想过去，就像我说过的，写作的女人会通过母亲回想过去。再者，女人经常会对意识的突然分裂感到惊讶，比如在走过白厅之际，她们会突然从文明的自然继承者变成局外人，会感觉很陌生，爱批判。很明显，心灵总是在改变它的焦点，从不同视角观察世界。但其中一些心态即使是自发的，似乎也让人觉得不舒服。为了保持这种心态，人会无意识地压抑一些东西，渐渐地，压抑就会变得耗费心神。但也许有一种心态，在这种状态下，一个人可以毫不费力地继续下去，因为并不需要压抑什么。

我离开窗边，想着自己现在的心境就是这样。当然，当我看到那对男女坐进出租车的时候，我的思想在分裂之后，又自然地融合在一起了。显而易见的原因是，两性合作是自然而然的事。人有一种深刻的本能（虽然并不理性），认为男女的结合能带来最大的满足和幸福。但是看到两个人上了出租车以及它给我带来的满足感，我也不禁要问，身体分为两种性别，思想是否也分为两种性别，思想上的两种性别是否也需要结合起来，才能得到彻底的满足和幸福？我继续业余地描绘思想的蓝图，使我们每个人都有男女两种力量支配。在男人的头脑中，男人凌驾女人之上，而在女人的头脑中，女人凌驾男人之上。两者和谐相处，并在精神上合作，这才是正常而舒适的状态。如果是男人，那么他的大脑中一定还有女性的部分在起作用，女人也必须和她体内的男性特质保持一致。柯勒律治说伟大的思想是雌雄同体的，也许就是这个意思。只有当这种融合发生时，思想才会得到充分的滋养，并发挥其所有能力。我想，也许一个纯男性的头脑不能创造，就像纯女性的头脑也不能。不过，不妨停下来查一查一两本书，看看什么是有女性特点的男性，什么是有男性特点的女性。

柯勒律治说伟大的思想是雌雄同体，他的意思当然不是说伟大的思想对女性有任何特别的同情，也不是指伟大的思想承担起女性的事业或致力于解释女性。也许雌雄同体的思想比单一性别的细想更难做出这些区分。也许他的意思是雌雄同体的思想可以产生共鸣，还能渗透。它能毫无阻碍地传递情感，天生具有创造力，热情洋溢而不可分割。事实上，往前追溯，便可知莎士比亚的思想也是雌雄同体，他男性的思想具有女性特质，尽管我们不可能说出莎士比亚对女性的看法。如果说心智完全发展的标志之一是心智不会特别地或单独地考虑性别，那么现在要达到这种状态比以往任何时候都要困难得多。现在我来到当世作家的著作前驻足，想知道这一事实是否就是长期困扰我的问题的根源。没有哪个时代能像我们这个时代这样对性别有如此强烈的意识，大英博物馆里无数男人写的关于女人的书就是证明。选举权运动无疑是罪魁祸首。它一定在男人心中激起了一种非凡的欲望，让他们想要自我肯定。这一定使他们把重点放在自己的性别和性别特征上，而如果不是受到挑战，他们是不会费心去思考这些问题的。当男人受到挑战时，即使挑战他们的是几个戴黑帽子的女人，可只要他们以前从未受到过挑战，就一定会进行相当激烈的报复。我想，也许这解释了我记得在这里发现的一些特征。

我从书架上取下A先生的一部新小说，他正值壮年，显然深得评论家们的喜欢。我打开了书。的确，重读男性的作品是一件令人愉快的事。在看过女性的作品后，A先生的书显得如此直接和直白。这表明他在思想上是自由的，在身体上是自由的，怀有自信。在这种营养良好、受过良好教育且非常自由的心灵面前，人会有一种身体上的幸福感，这种心灵从未受到挫折或反对，从出生起就有充分的自由，可以随心所欲地发展。这一切都令人羡慕。但读了一两章后，一个阴影似乎横亘在这一页上。那是一条笔直的黑色竖线，一个状似字母"I"①的影子。人们开始左闪右躲，想看一眼"我"后面的风景。我不太确定那后面到底是一棵树还是一个正在走路的女人。人的注意力总是会被拉回到"我"上。他们开始厌倦了"我"。不过，经过几个世纪的精心教育和喂养，这个"我"是一个非常可敬的"我"，诚实，有逻辑，像坚果一样坚硬。我从心底里尊重和钦佩这个"我"。我翻了一两页，寻找着什么东西。最糟糕的是，在"我"的阴影下，一切都像雾一样模糊不清。那是一棵树吗？不，是一个女人。但是……她身上连根骨头都没有，我一边想，一边望着菲比（这是她的名字吧）从海滩那边走过来。然后艾伦站

---

① 意为"我"。

了起来，其影子立刻遮住了菲比。艾伦有很多见解，而菲比被他的见解淹没了。我想艾伦是个很有激情的人。我一页页飞快地翻着，感觉关键时刻即将来临，事实也的确如此。它发生在阳光下的海滩上。一切都发生得无所隐讳，而且非常有力。没有什么比这更不体面的了。但是……我说"但是"的次数太多了，人不能一直说"但是"。总要把话说完，我这么责备自己。我要说完吗？"但是……我很无聊！"可我为什么觉得无聊呢？部分原因是"我"占主导地位，而乏味就像那棵巨大的山毛榉树一样，将一切笼罩在它的阴影中。那里什么也长不出来，一些比较模糊的原因是症结所在。A先生的头脑中似乎有某种障碍堵住了创造力的源泉，把它限制在狭窄的范围内。回想起在牛桥的午餐会，烟灰、曼岛猫、丁尼生和克里斯蒂娜·罗塞蒂，似乎障碍就在那里。当艾伦不再低声哼唱："从那门前怒放的西番莲花，有一滴晶莹的泪珠落下。"当菲比穿过海滩，她不再回应："我的心像只欢唱的鸟儿，在湿润的嫩枝上筑巢。"那么当他走近时，他能做什么？坦诚如白昼，逻辑如烈日，他能做的只有一件事。说句公道话，他就是一遍又一遍（我一边翻动书页，一边说）这么做的。我又说，他这么做似乎有些乏味，不过我明白如此直言不讳有些残酷。莎士比亚的不雅之处会使人的思想中产生千百种其他东西，而且一点也不乏味。但莎士比亚这样做是获得乐趣。保姆们说，A先生是故意这么做的。他这样做是为了表示抗议。他坚持自己具有优越性，以此来抗议男女两性平等。因此，他受到阻碍、压抑，自我意识很强，如果莎士比亚也认识克拉夫小姐和戴维斯小姐，他也会如此。毫无疑问，如果妇女运动开始于16世纪，而不是19世纪，伊丽莎白时代的文学将会大不相同。

那么，如果思想分两性的理论成立的话，就意味着现在男性气概已经成为一种自我意识，也就是说，现在男人只使用他们大脑中男性的那一面来写作。女人不该读这些书，因为她们不可避免地会寻找一些根本就找不到的东西。人们最容易忽略的是暗示的力量，我一边想，一边把批评家B先生的著作捧在手里，非常仔细、尽职地读着他对诗歌艺术的评论。他的文章写得很棒，字里行间富于洞察，洋溢着丰富的学识。但问题是，他再也无法交流感情。他的思想似乎被分成了不同房间，声音无法从一个房间传到另一个房间。因此，当人们把B先生的话记在脑子里时，那句话就落在地上，消失殆尽了。但是，当一个人把柯勒律治的话铭记在心时，那句话会爆炸，并产生各种各样的其他思想，只有这样的写作，人们才可以说它具有恒久流传的秘诀。

但不管原因是什么，这都是一个令人痛惜的事实。这意味着人们对当代最伟大作家的一些最优秀作品充耳不闻。此时，我走到了一排排高尔斯华绥先生和吉卜林先生的作品前。不管女性怎么做，她们都在这些作品里找不到批评家向她们保证过的永恒生命的源泉。这些作品不仅颂扬男性的美德，强化男性的价值观，描述男性的世界，对女性来说，其中所渗透的情感也是不可理解的。情感到来、聚集，即将在一个人的头上爆发，结局还没出现，人们就开始这么说了。那幅画会落下来砸在老乔利恩的头上，他必会吓死。老牧师会替他说两三句讣告，而泰晤士河上所有的天鹅会同时放声歌唱。但在这种情况发生之前，人会跑开，躲在醋栗灌木丛里，因为这对男人来说如此深刻、微妙、具有象征意义的情感会让女人感到惊奇。吉卜林笔下那些转身离开的军官们是这样，撒种的人是这样，独自工作的人也是这样。还有那面旗子，看到用大写字母拼出的单词"**旗子**"，人不免脸上一红，仿佛被人发现在偷听某种纯粹的男性狂欢似的。事实是，无论是高尔斯华绥还是吉卜林，其身上都没有女性的火花。因此可以概括地说，在一个女人看来，他们的所有品质都是粗鲁和不成熟的。他们缺乏暗示的能力。一本书若缺乏暗示的力量，无论如何努力地击中心灵的表面，都无法穿透内心。

我心里焦躁不安，把一本本书拿出来，不看

一眼又放回去。我开始设想一个时代即将到来，到时候，将充斥着纯粹且孤行专断的男子气概，就像教授们的信（比如沃尔特·罗利爵士的信）所预示的那样，而意大利的统治者们已经实现了这样的时代。在罗马，人们几乎不会不被那种十足的男子气概所打动。无论纯粹的男子气概对国家的价值如何，人们都可能质疑它对诗歌艺术的影响。无论如何，根据报纸的说法，在意大利，人们对小说存在某种焦虑。学者召开会议的目的是"发展意大利小说"。那天，"出身显赫的人，或者在金融界、工业界或法西斯企业里的人"聚在一起讨论这件事，并给元首发了一封电报，表示希望"法西斯时代能很快诞生一位配得上这个时代的诗人"。或许我们都怀有这种虔诚的希望，但诗歌能否从孵化器中诞生却令人怀疑。诗歌既要有父亲，也要有母亲。人们可能会担心，法西斯主义诗歌将成为第一个流产的胎儿，小而可怕，就像人们在某个县城博物馆的玻璃罐子里看到的那样。据说这种怪物绝对活不了多久。人们从来没有见过那样的神童在地里割草。一个身体长两个脑袋并不代表长寿。

然而，如果有人急于追责的话，两种性别都该承担同等责任。所有的诱惑者和改革者都有责任：贝斯伯勒夫人对格兰维尔勋爵撒谎，戴维斯小姐告诉了格雷格先生真相。所有唤起性别意识的人都难辞其咎，当我想在一本书上施展自己的才能时，正是他们驱使我去幸福时代寻找，那时候，戴维斯小姐和克拉夫小姐还没有出生，而当时的作家会平等地使用思想的两个方面。我们必须回头看看莎士比亚，因为莎士比亚是雌雄同体的，济慈、斯特恩、考伯、兰姆和柯勒律治也是如此。也许雪莱是个没有性别之分的人。弥尔顿和本·琼森身上有太多的男性气质，华兹华斯和托尔斯泰也是如此。在我们的时代，普鲁斯特即便不具有过多的女性气质，也完完全全是雌雄同体的。但这种失败太少了，没有人会抱怨，因为没有这种混合，智力就将占主导地位，而思想的其他官能则会变得僵硬和贫瘠。不过，我安慰自己说，也许这是一个暂时的阶段。为了遵守诺言，我把自己的想法告诉你们，现在看来，我所说的许多话都过时了。在你们这些未成年人看来，我眼中的火焰多半是可疑的。

我说着走到写字台前，拿起写有标题《女性与小说》的那一页纸。尽管说了这么多，我要写的第一句话是：作家思考自己的性别都是致命的。做一个单纯简单的男人或女人是致命的。女人要有男性气概，男人则要有女性气质。对一个女人来说，如果受一点点委屈也要放在心上是致命的，即使有正当理由，也不能为自己辩护，也不能有意识地以女人的方式说话。这里所谓的致命并非比喻的说法，因为任何带有这种有意识偏见的东西都注定要死亡，得不到任何养分。它可能在一两天内显得绝妙而高效，极具感染力，但在夜幕降临时必然会枯萎。它不能在别人的思想中生长。进行艺术创造，思想中的男女两面必须进行合作。两种对立元素必须和谐相处。要感觉到作家在彻底表达自己的经历，他们的全部思想就必须敞开。必须自由，必须平静。没有轮子嘎吱作响，没有一丝灯光闪烁。窗帘必须拉得紧紧的。我想，一旦某段经历结束，作家必须仰面躺下，让思想在黑暗中庆祝思想中的两性顺利结合。他们不能看或质疑脑海中所发生的一切。相反，他们必须从玫瑰上摘下花瓣，或者看着天鹅平静地浮在河上。我又看见了那股把小船、大学生和枯叶卷走的急流。我想，那辆出租车载着那对男女，我看见他们在街对面会合，水流把他们卷走了。我听着远处伦敦车辆的轰鸣声，心想，他们被卷进了滔滔洪流中。

至此，玛丽·比顿不再说话了。她告诉过你们她是如何得出结论的。这是一个平淡无奇的结论：你们要写小说或诗歌，就必须有每年五百英镑的收入以及一间属于自己的带锁的房间。她试图将她得出这一结论的千头万绪和盘托出。她请求你们跟随她，迎面和校官撞个满怀，在这里吃午餐，在那里用晚饭，在大英博物馆里画画，从书架上拿书，向窗外张望。当她做所有这些事情的时候，你们无疑一直在观察她的缺点，

252

并判断这些缺点对她的看法产生了什么影响。你们一直在反驳她，按照自己的喜好增加和删减。应该如此，因为在这样一个问题上，只有把各种各样的错误综合起来，才能得出真理。最后，我亲自提出两点批评，这两点很明显，你们肯定也想到了。

也许你们会说，我还没有评论过男女两性作家的比较优劣。我是故意不提的，现在更重要的是了解女人有多少钱和多少房间比从理论上说明她们的能力重要得多。即便到了做这种评论的时候，即使时机已到，我也不相信那种天赋，无论是思想还是性格，都可以像糖和黄油那样称重，甚至在剑桥也不能，那里的人只擅长给人分班，给他们戴上学士帽，在名字前面加上各种学术头衔。我不相信《惠特克年鉴》中的优先顺序代表了最终的价值顺序，也不相信有合理的理由认为，拥有巴斯爵士这样头衔的人得排在精神病鉴定司法官的后面用餐。所有这些性别对立和品质对立，所有强调自己高人一等、别人低人一等的言论都属于人类存在的私立学校阶段，在那里有"对立的两派"，一方必须打败另一方，最重要的是走到讲台上，从校长手中接过一个装饰精美的奖杯。

随着日渐成熟，人们不再相信对立的两派、校长或装饰精美的奖杯。无论如何，想要给书籍贴上优点的标签，还不让标签脱落，简直难如登天。对现在的文学进行评论不正是一直在说明这样的评价无比困难吗？"这本书精妙绝伦""这本书毫无价值"，明明是同一本书，却有两种不同的评价。赞美和批评都没有意义。不，尽管对一本书品头论足是一件趣事，但这是一种最徒劳无益的职业，须得屈从评论者的评判，最卑躬屈膝的态度。最重要的是把想写的写出来。至于这种重要性能持续数年还是仅持续数小时，就没人能说得清了。但是，为了顺从某个手里拿着银奖杯的校长，或者某个袖子里夹着量尺的教授，而牺牲自己哪怕一丝一毫的想象力，放弃想象力一丝一毫的色彩，也是最不幸的背叛，而在过去，牺牲财富和贞操被认为是人类最大的灾难，相比之下，现在这就跟被跳蚤咬了一下差不多。

接下来，我想你们可能会发表反对意见，说什么在这一切中，我过分强调了物质的重要性。即使从象征意义的角度来看，每年五百英镑代表沉思的能力，带锁的门代表独立思考的能力，你们仍然可以说，头脑应该超越这些东西，伟大的诗人往往都穷得叮当响。现在要引用一位文学教授的话，他比我更清楚怎样才能成为一个诗人。亚瑟·奎勒-库奇爵士写道：

过去一百年左右，出现了哪些伟大的诗人？柯勒律治、华兹华斯、拜伦、雪莱、兰多、济慈、丁尼生、布朗宁、阿诺德、莫里斯、罗塞蒂、斯威本……到这里打住即可。在这些人中，除了济慈、勃朗宁和罗塞蒂，其余人都上过大学。而在这三人中，济慈英年早逝，是唯一一个不是出身大富大贵之家的。这说起来很残忍，也很可悲。但是，诗歌天赋与贫富无关的说法其实根本站不住脚，这是不容置喙的事实。事实就是这十二人中有九人是大学生，这意味着他们无论如何都有办法接受英国所能提供的最好的教育。还有一个不可否认的事实是，在剩下的三个人中，你也知道勃朗宁家境殷实，我则要提出一个质疑：假如他不是家境优渥，他就写不出《索尔》或《戒指与书》，就像如果不是父亲的生意做得红红火火，罗斯金就写不出《现代画家》一样。罗塞蒂有一笔不多的个人收入，此外，他还靠画画赚钱。如此说来，就只剩下济慈了。命运女神阿特洛波斯在他年纪轻轻的时候就夺走了他的性命，就像她杀死了疯人院里的约翰·克莱尔，詹姆斯·汤姆森因为神思抑郁而服食鸦片酊丧命。这些都是可怕的事实，但让我们直面以对吧。不管我们作为一个国家多么不光彩，可以肯定的是，由于国家的某种过失，贫穷的诗人在现在和过去的两百年里连蝼蚁都不如。十年来，我将大部分的时间都用来观察三百二十来所小学。我们大可以谈论民主，但相信我，实际上，一个英国的穷孩子和一个雅典奴隶的儿子一样，几乎没有希望获得思想上的解放，而只有得到了智识自由，人才能创造出伟大的作品。①

　　对于这个问题，没有人能说得更清楚了。"贫穷的诗人在现在和过去的两百年里连蝼蚁都不如……一个英国的穷孩子和一个雅典奴隶的儿子一样，几乎没有希望获得思想上的解放，而只有得到了智识自由，人才能创造出伟大的作品。"就是这样。写不写得出诗歌取决于有没有智识自由。女人一直都很穷，这不仅仅是两百年来的事，而是从古至今历来如此。女性的思想自由还不如雅典奴隶的儿子。那么，女人写诗的机会就少得可怜了。这就是为什么我这么重视钱和一间自己的房间。然而，多亏过去那些默默无闻的妇女的辛勤劳动（真希望能对她们有更多了解），奇怪的是还要多亏两次战争，一次是使弗洛伦斯·南丁格尔走出客厅的克里米亚战争，还

---

① 出自亚瑟·奎勒-库奇爵士所著《写作的艺术》（*The Art of Writing*）。——原书注

有一次是大约六十年后为普通妇女打开了大门的欧洲战争，这些有害之事正在得到改善。否则今晚你们就不会在这儿了，而你们一年能挣到五百镑的机会也将微乎其微，虽然现在能挣到这些钱的机会也岌岌可危。

不过，你们可能仍会反驳：你为什么如此重视女人写的书，而在你看来，这需要付出巨大的努力，还得赔上姑母的一条命去换遗产，还会导致写作的人吃饭迟到，与某些非常好的人发生非常严重的争执？我承认，我的一部分动机有些自私。像大多数没有受过教育的英国妇女一样，我喜欢读书，读很多很多的书。最近我的喜好变得有点单调，历史书大都讲的是战争，传记中关于伟人的描写太多，而我又觉得诗歌越发显得内容贫乏，至于小说，身为一名现代小说的评论家，我评论得已经够多了，现在就不再多说了。所以我请你们去写各种各样的书，题目琐碎也好，宏大也罢，都不要犹豫。不管用什么办法，我都希望你们能有足够的钱出门游历，有闲情逸致去思量世界的过去和将来，去对着书本做白日梦，去街角闲逛，让缕缕思绪深深沉浸在人生的洪流之中。我绝不是要把你们限制在小说里。如果你们愿意让我看得开心——而像我这样的人成千上万，你们可以写游记和探险，写研究和学术、历史、传记、评论、哲学和科学。你们这样做肯定会对小说艺术有所裨益，因为书籍会相互影响。如果小说能与诗歌和哲学紧密结合，将会好得多。此外，如果你考虑一下过去的伟大人物，比如萨福、紫式部夫人、艾米莉·勃朗特，就会发现她们既是创造者，也是继承者，她们的存在是因为女性已经有了自然而然的写作习惯，因此，即使作为诗歌的前奏，这样的活动对你们来说也是无价之宝。

但是，当我回顾这些笔记并批评自己写笔记时的思路时，我发现自己的动机并不完全是自私的。贯穿这些评论和推论的是一种信念，还是一种本能？在我看来，精妙的书籍是令人向往的，优秀的作家即使表现了人类各种各样的邪恶，仍然是人中精英。因此，当我要求你们多写些书时，是在敦促你们做对自己和整个世界都有益的事情。我不知道如何证明这种本能或信念是正确的，一个人若没有在大学受过教育，要从哲学角度来劝说别人，可要闹出笑话。"事实"是什么意思？它似乎是一种非常飘忽不定、非常不可靠的东西，时而出现在尘土飞扬的道路上，时而出现在街上的一张报纸上，时而又出现在阳光下的一朵水仙花上。它让房间里的一群人喜上眉梢，让他们记住一些随意的话语。它淹没了一个在星空下步行回家的人，使寂静的世界比言语的世界更真实，然后它又出现在皮卡迪利大街喧嚣的公共汽车上。有时，它似乎距离遥远，存在于各种形状之中，我们无法辨别它们的本质是什么。但无论它接触到什么，都会修复并使其永久存在。剥去白天的皮肤，扔进树篱里的剩余之物便是事实。过去的岁月流逝，爱与恨消逝后遗留下的东西便是事实。在我看来，作家比其他人更有机会活在这样的事实中。而作家的职责便是找到"事实"，将其收集起来，并把它传达给我们其他人。至少我从《李尔王》《爱玛》或《追忆似水年华》中推断出了这个结论。阅读这些书似乎对感官进行了一种奇妙的针拨白内障手术。事后，人看得就更清楚了：世界的一层遮盖物似乎被剥去了，被赋予了更强烈的生命力。这些人与"非现实"为敌，着实令人羡慕。还有一些人在不知情或不关心的情况下干了一些事，如同遭遇当头一棒，着实可怜。所以，当我要求你们挣钱，有自己的房间时，是要求你们活在现实中，不管你们能不能表现出来，这都是生机勃勃的人生。

我本想就此打住，但迫于惯例的压力，每次演讲都必须有一个结束语。既然是对女性的演讲，自然应该包括鼓舞人心和崇高的内容，对此，你们也会同意。我恳求你们记住自己的责任，要更高尚，在精神上有更大的追求。我应该提醒你们，有多少事取决于你们、对未来能产生多大影响。但我认为，这些劝导还是应该留给另一个性别去说才算稳妥，他们会以比我所能想象的更雄辩的口才来表达，而且确实已经表达了。

我在自己的脑海里翻找，发现并没有什么高尚的情义，比如与人结交、追求平等，并影响世界走向更高的目标。我不由自主地给出了一个简单而平淡的说法：做自己比什么都重要。如果我知道怎么把话说得崇高，那我要说的是，不要总梦想着去影响别人，要考虑事物本身。

我翻阅报纸、小说和传记，再次想起，当女人对女人说话时，心里还藏着一些不客气的话没说出来。女人喜欢为难女人。女人不喜欢女人。女人……难道你们对这个词没有厌烦得要死吗？我可以向你们保证，我已经烦得要死了。那么，就让我们一致认为，女人给女人所做的演讲就应该以特别不中听的话来画上句点。

但要怎么说呢？我所想的又是什么呢？事实上，一般而言，我很喜欢女人。我喜欢她们冲破传统。我喜欢她们的完整，喜欢她们隐没自己的姓名。我喜欢……但我不能这样说个不停。那个碗橱……你们说里面只放着干净的餐巾。可是万一阿奇博尔德·博金爵士就藏在里面呢？那我还是换副严厉的语气吧。在前面的话中，我有没有向你们充分传达人类的警告和谴责？我告诉过你们，奥斯卡·勃朗宁先生对你们的评价很低。我已经指出，拿破仑曾经对你们有什么看法，现在墨索里尼对你们又有什么看法。如果你们中有人渴望创作小说，那么为了你们的利益，我也提到了批评家关于勇敢地承认性别局限性的建议。我提到了X教授，并特别强调了他的观点，即女性在智力、道德和身体上都不如男性。我已经把自己在无意中收获的意见都说给你们听了，现在，我要给出最后的告诫。这番告诫来自约翰·兰登·戴维斯先生，他警告女性："到了世人不再一心求子的时候，女性也就不再是必不可少的了。"我希望你们能把这句话记下来。

我怎样才能进一步鼓励你们去做人生大事呢？我会说，年轻的姑娘们，请注意听，我要讲结束语了，依我看，你们已经无知到了丢脸的地步。你们从不曾发现过什么重要的东西。你们从来没有动摇过帝国，也没有率领过军队在战场厮杀。莎士比亚的戏剧不是你们写的，你们从未把野蛮的种族带进文明的光耀下。那你们的借口是什么？你们大可以指着地球上的街道、广场和森林，那些地方挤满了黑人、白人和棕色的居民，他们都忙于往来、经营事业和求爱，说你们手头还有别的工作要做。我们若是什么都不做，海上便没有船只航行，肥沃的土地将变成沙漠。你们还可以说，据统计，我们生育了十六亿两千三百万人，我们养育他们，为他们清洗身体，教育他们，一直养到他们六七岁。即使有人能搭把手，养育子女也是需要时间的。

你们这话也有道理，我不否认。但请允许我提醒你们，自1866年以来，英国至少有两所女子学院。1880年以后，法律允许已婚妇女拥有自己的财产。1919年，也就是整整九年前，女性获得了选举权。我还可以提醒你们，大多数职业已经向你们开放了近十年。当你们考虑到这些巨大的特权和享受这些特权的时间之长，以及目前有大约两千名妇女以这样或那样的方式挣得了五百多英镑年收入的事实，你们就会同意，缺乏机会、训练、鼓励、闲暇时间和金钱的借口已经站不住脚了。此外，经济学家告诉我们，西顿夫人生的孩子太多了。当然，孩子还是要生的，但是，正如人们所说，生两三个就好，十个八个就不必了。

因此，你们有了一些空闲时间，脑子里有了一些书本知识，也已经受够了没有闲暇、大字不识一个的日子。而且，你们被送进大学，我猜测部分是为了不再做个目不识丁的人。你们当然应该开始漫长、艰苦而又极其晦涩的职业生涯的另一个阶段。千百支笔已经准备好了，它们会建议你们应该怎么做，并告知你们将会产生怎样的影响。我承认，我的建议有点异想天开。因此，我宁愿把它写成小说。

在演讲中，我告诉过你们，莎士比亚有一个妹妹。但不要在西德尼·李爵士①编写的诗人莎

---

① 西德尼·李爵士（Sir Sidney Lee, 1859—1926）：英国传记作家，代表作品有《威廉·莎士比亚传》（*A Life of William Shakespeare with portraits and facsimiles*）等。

士比亚生平中寻找她的倩影。她英年早逝，唉，
她一个字也没写过。她被埋在现在的公共汽车停
靠点，就在象堡对面。现在我相信，这位从未写
过一个字、被埋葬在十字路口的诗人还活着。她
活在你们的心里，活在我的心里，活在其他许多
女性的心里，今晚她们不在这儿，因为她们在洗
盘子，哄孩子睡觉。但是她还活着，因为伟大的
诗人是不死的。他们会流芳百世，他们只需要等
待机会，再以血肉之躯行走于我们之间。我想，
现在你们已经有能力提供这个机会了。我相信，
只要我们再活一个世纪左右……我说的是真正的
共同生活，而不是我们作为个体过着的小而分散
的生活，并且我们每人每年都有五百英镑的收入
和自己的房间，只要我们养成了自由的习惯，并
有勇气写出所思所想，只要我们可以稍微离开公
共客厅，观察人类时不是总着眼他们彼此之间的
关系，而是看他们与现实的关系，还能观察天
空、树木以及其他事物的本来面目，只要我们不
去看弥尔顿的妖魔鬼怪，因为没有人能挡住我们

的视野，只要我们面对事实，因为事实就是没有臂膀可以供我们依靠，我们只能独自前行，我们的关系是与现实世界的关系，而不仅仅是男人和女人的关系，那么，机会就会到来，那么，莎士比亚之妹这位已故诗人就会让她那具她经常摒弃的肉身重新焕发生机。就像她的哥哥在她之前所做的那样，她将从不知名的先行者的生活中汲取生命力，获得重生。如果她没有做好准备就到来，如果我们没有付出努力，如果她没有下定决心在重生后依靠写诗为生，我们就不能期待她的复活，因为那是不可能的。但我坚持认为，只要我们为她而努力，她就会重生，即使要忍受贫穷和默默无闻，我们的努力也是值得的。